双葉文庫

道後温泉 湯築屋❷

神様のお宿に恋の風が舞い込みます

田井ノエル

神様のお宿に恋の風が舞い込みます

目次

contents

シロ
稲荷神白夜命。
『湯築屋』のオーナー。
道後温泉
2
湯築屋
湯築《ゆづき》九十九《つくも》
道後の温泉旅館『湯築屋』の若女将。
稲荷神白夜命に仕える巫女で妻。

カランコロン。

古き温泉街に、お宿が一軒ありまして。

傷を癒す神の湯とされる泉——松山道後《まつやまどうご》。この地の湯には、神の力を癒す効果があるそうで。

そのお宿、見た目は木造平屋でそれなりに風情もあるが、地味。暖簾《のれん》には宿の名前である「湯築屋《ゆづきや》」とだけ。

しかしながら、このお宿。普通の人間は足を踏み入れることができないとか。

でも、暖簾を潜った客は、その意味をきっと理解するのです。

そこに足を踏み入れることができるお客様であるならば。

そう。

このお宿に訪れるお客様は、神様なのだから。

雪．神楽舞う乙女達

1

「わん、つー、すりー、ふぉー」

「ちょ、ちょっと待ってくれん？　ゆづ、もう一回。わからんなったけん、もう一回お願い！」

ダンスを中断させて、京《みやこ》が身体を投げ出すように地へ転がった。文字通りの大の字である。

「京ちゃんって、思ったよりダンスできないんだね……」

「おい、朝倉《あさくら》ぁ！　純粋なスポーツなら、うちだって負けんしなぁ！　ダンスだけ苦手なんよ！」

ボソリと言い放った小夜子《さよこ》に対して、京は開き直った口調で胸を張った。

「それ、威張るところじゃないよね」

「うるさいんよぉ」

九十九《つくも》は京が放り投げていたタオルを拾ってあげる。

京は運動が得意だ。所属している部活動はないが、球技や陸上競技、水泳も満遍なく得意としている。練習試合などで運動部のメンバーが抜けたときは助っ人に駆り出されるほどだった。

そんな京が苦手としているのがダンスである。

体育の授業で女子が履修する創作ダンスが死ぬほど苦手だと豪語していた。音楽もセットだ。

「うちも男子と一緒に柔道やりたいんやけど……なんで、ゆづと朝倉はそんなにダンス上手いん？　おかしくない？　二人とも、帰宅部やのに？」

「なんでって言われても、ねぇ？」

「業務の都合で上手くなったとしか……」

九十九と小夜子は揃って苦笑いする。

湯築屋で働く以上、行わなければならない通常業務のせいだとしか言いようがない。

だいたい週に四回かそれ以上のペースで届く宅配便の箱を常連客――天照大神《あまてらすおおみかみ》の部屋に届けるためだ。

長期連泊中の天照の部屋に入る際は、必ずダンスを踊らなければならない。天照が満足すれば、部屋の扉を開けてくれるが、満足しないときは不合格となってしまう。当然のように採点までされるため、本気を出さなければならない。

ちなみに、小夜子の自己ベストは七十九点で、天照の評価は「そこそこですわ。でも、磨けばきっと輝くでしょう」ということらしい。

アルバイトで働きはじめたばかりにしては、大健闘している。コマなどは、ずっと湯築屋で働いているが未だに三十点台しか取れない。

「舞踊の神様ぁ、うちに才能授けてくださーい！」

「京ちゃん、都合いいんだから」

小夜子にクスクスと笑われて、京は不貞腐れた顔をしている。

来週、創作ダンスのテストがあるため、三人で放課後の自主練習をしていたが、今日はもうやめたほうがいいだろう。そろそろ帰らないと忙しい夕餉《ゆうげ》の時間に間にあわない。

「この辺で帰ろうか」

九十九が提案すると、京が大喜びで「やったぁ！　じゃあ、帰りに道後温泉駅のスタバ寄って帰ろう！」と言い出す——と、思っていた。

「うーん、二人は先に帰ってええよ。うちは、もうちょいやって帰るけん」

シレッと言いながら、京は立ちあがった。

予想外の返答に九十九と小夜子は思わず顔を見あわせる。小夜子も九十九と同じ気持ちのようだ。

「え？　京ちゃん、帰らないの？」

「なんか、うちだけできんの面白くないけん……同じ班で足引っ張りたくないし」

京はブスッと頬を膨らませながら、そう呟いた。顔がわずかに上気しており、目元が赤い。

あー……。

京の顔を見て、九十九はなんとなく察した。

「わかった。じゃあ、家のバイトあるから先に帰るね。小夜子ちゃん、行こうか」

「九十九ちゃん……？」

戸惑ったままの小夜子の手を引いて、九十九は体育館の端に放り投げていた学生服の上着と鞄を拾いあげた。動いているときは気にならないが、もう冬である。汗で滲んだシャツが冷たく感じた。

「じゃあね、京」

「うん、明日学校で」

短くあいさつを交わして、九十九はスタスタと歩き去る。

「ねえ、九十九ちゃん。いいの？　なんか、京ちゃん泣きそうだったけど……」

「いいの、いいの。幼稚園のときから、あのスイッチ入ったら京は聞かないから」

京の性格は、伊予《いよ》弁で言うところの「よもだ」だ。

いい加減で適当。隙があれば怠けたがる。

しかし、一方で京は変なところで負けず嫌いでもあった。

きっと、自分だけ踊れなくて意固地になっているのだ。

「京、やるときはやるから」

負けず嫌いのスイッチが入ったら、京は意地でも練習する。

そして、京の負けず嫌いは大抵、九十九に対して発揮されるのだ。長いつきあいのためか、普段からなにか思うところがあるのか。こういうときは、九十九がなにか関与しようとするほうが逆効果だ。

「九十九ちゃんと京ちゃんは、仲がいいもんね」

「うーん……つきあいが長いだけだよ」

「でも、好きでしょ？　京ちゃんのこと」

そう問われると、すんなりと言葉が出てきた。

「うん、そうだね」

続けて、「京もそうだったら嬉しいな」と思っていた。

路面電車の駅に向かって歩きながら、冬の空を見あげる。

夕刻を過ぎようとしているため、もうすでに暗い。

夕陽の橙と夜の黒が混じりあい、美しい藍色の空へと変わっていくところであった。ちようど、湯築屋の結界の空と同じような色。

されど、湯築屋にはキラキラと輝く星も、空の色にあわせて色彩が変化する雲もない。

だからこそ、それらがいっそう尊いもののように思える。

結界に映される幻影はとても美しい。

けれども、実際の空のほうが何倍も美しいと、九十九は思うのだ。

「九十九ちゃん、今日はどんなお客様がいらっしゃるかな？」

「うーん。ご予約様はいなかったと思うよ……たいていのお客様は飛び込みでいらっしゃるから、あんまり意味はないけど」

湯築屋を訪れるお客様たちは、たいてい突然やってくる。

理由は単純で、予約の取り方を知らないからだ。天照のようにスマートフォンやインターネットを使いこなす神様もそれなりにいるのだが、基本的に彼らはアナログだ。電話のかけ方もわからないお客様もいる。

人の姿に紛れて公共交通機関を使う神様もいれば、神気で一気に旅館の目の前まで転移する神様もいるので、来館が本当に読めない。妖《あやかし》の類も似たようなものだ。

「お客さん、乗車賃はここですよ」

マッチ箱のようなオレンジ色の路面電車が駅に着くと、中からフラリと乗客が出てきた。乗車賃を払い忘れていたようで、運転手が大きめの声で指摘している。

「あら、ごめんなさんし」

九十九は入れ替わる形で電車に乗り込みながら、降りた客の姿を確認した。

「いい匂いがしなんして……ちょいと気が抜けてしまいんしてなぁ。はい、ここに」

廓言葉《くるわ》というものだろうか。耳慣れない響きに気を取られてしまった。

派手な紫色のコートをまとった女性だ。

艶やかと表現すべきか、鮮やかと表現すべきか、迷うところ。

寒さが深まる時期だというのに、コートの下は薄着である。豊満すぎる胸のラインと、キュッと引き締まったウエストが惜しげもなく晒されていた。

化粧は派手だが、顔はおかめのようにやや平坦。しかし、整っている。首に巻いた白いスカーフが天女の羽衣を連想させて幻想的だった。

「あれって」

九十九は思わず電車の窓に張りつくが、同時に路面電車の扉が閉まり、発車してしまった。

不思議な雰囲気の女性がこちらをふり返る。

「またあとで」

唇が、そう言ったような気がした。

「どうしたの？」

隣に座っていた小夜子に問われ、九十九は振動で揺れる窓ガラスから手を離した。

「たぶん、さっきの人……お客様だと思う」

「本当？」

一瞬のことで小夜子にはわからなかったようだが、とても強い神気を感じた。おそらく、天照大神に匹敵するくらい古い神――日本神話の神の一柱だと思う。

またあとで、ということは、湯築屋に来るのだろうか？

「お部屋の準備しとこうっか」

「そうだね、どんなお客様か楽しみ」

アルバイトをはじめた当初の小夜子は接客慣れしていなくてぎこちなかったというのに、今ではお客様のご来店を楽しみにしてくれている。

九十九も嬉しくなって、自然と笑顔になった。


やはり、若女将《わかおかみ》としての勘はよく当たる。

「このお宿も久方ぶりでありんすなぁ」

派手な紫のコートを着たお客様が湯築屋の暖簾を潜ったのは、九十九たちが学校から帰宅して三時間も経ったあとのことだ。

やはり、路面電車の駅ですれ違った女性はお客様であった。

九十九は落ち着いた所作で玄関に膝をつき、三つ指でていねいに頭を下げる。

「いらっしゃいませ、お客様。ようこそ、湯築屋へ」

「へえ。新しい女将？」

九十九の姿を、お客様は興味深そうに観察する。九十九は顔をあげ、首を横にふった。

「湯築屋の女将は営業担当でございます。只今、アメリカに出向いておりまして……不束《ふつつか》者《もの》ですが、若女将の湯築九十九がお世話させていただきます」

「ふうん、若女将？　なるほど、わかりんした。早速、案内《あない》しておくれなんし」

お客様は言いながら、首に巻いていた羽衣のようなスカーフをシュルリと解いた。

すると、紫のコートが瞬く間に艶やかな着物へと変じていく。スカーフは半透明な羽衣となり、まるで天女のような見目だった。

少し開《はだ》けた着物の間から覗く豊満な胸や長い脚が非常に扇情的だが、芸術のような美しさも併せ持っているため、下品な印象はない。

「わっちの名は天宇受売命《あめのうずめのみこと》でありんす」

天宇受売命は、日本神話における舞踊と芸術の女神だ。九十九は初めて会うが、よく知っている神の一柱である。

天照大神が岩戸隠れした際に、活躍した逸話が最も有名だろう。

天照が岩戸隠れをし、この世に災いがあふれかえったとき、神々は彼女を引きずり出そうと策を講じた。

そのとき、楽しい舞踊で天照の興味を引きつける役割を担ったのが天宇受売命である。これが神事芸能のルーツであるとされ、彼女は現代でも舞踊と芸術の神として祀《まつ》られることとなった。

「天宇受売命様なら、天照様のお部屋で百点満点出せそうですね」

「ええ？　まだ天照様は岩戸ごっこをしていいんす？　あいかわらず、寂しがり屋でありんすなぁ」

天照の「岩戸ごっこ」についても知っているらしい。言ってしまえば、天宇受売命は天照の最初の「推し」であり、歌って踊るアイドル好きとなった元凶のようなものかもしれない。

きっと、天照も天宇受売命の来店を喜ぶに違いない――と、九十九は勝手に思っていた。

「別に、寂しくなどありません！　勝手なことを若女将に吹き込まないでください！」

聞き覚えのある声にふり向くと、可憐な少女の顔が真っ赤に染まっていた。

ひな人形のような着物を引きずってズンズン歩いてくるのは、湯築屋に連泊中の常連客・天照大神その人である。

だが、どうも具合がいつもと違う。少女の見目に反した魅惑的な余裕も、魔性の雰囲気も感じられない。

ただただ幼い子供みたいに、外見相応の態度で床を踏み鳴らして天宇受売命のほうへと向かっていった。

「宇受売《うずめ》！　また性懲りもなくやってきて！　わたくしのことは放っておいてくださいませ！」

「これはこれは。天照様、わっちに会えなくて寂しい思いをさせせんしたね。お許しなんし」

顔を真っ赤にして激怒している天照に対して、天宇受売命はフフフと余裕の表情を浮かべている。おかめのような優しい顔立ちが、更にふっくらと丸みを帯びていた。

翻弄されている？　あの天照様が？

目の前の光景に、九十九は口をあんぐりと開けたままになってしまった。いつも小悪魔のように人を魅了して自分のペースに持ち込む天照が、まるで本物の子供だ。

どうしてしまったのかと、九十九は自分の目を疑った。額に手を当てるが、特に熱も出ていないようだ。

「五月蠅《うるさ》いと思えば……やはり、こうなるか」

フッと、突然気配が現れる。

慣れたような、慣れないような。ギョッとして隣を見ると、シロが腕組みをして立っていた。

「シロ様、ご存知なんですか？」

「たまに来る客だからな」

神様の「たまに」の頻度は人にとっては、とても長い。ただ、そういう常連客は結構いると聞かされているので、驚きはしなかった。

「天照様にとって、天宇受売命様って最古の推しだと思っていたんですが……違うんですか？」

「その認識は間違っておらぬが、本人に告げると暴れはじめるから、くれぐれも黙っていろよ」

「……もう暴れてます」

天照は床を踏み抜きそうな勢いで地団駄を踏んでいる。

「帰ってくださいませ！」

「好かねえことを言わんでくんなまし。それに、わっちは温泉を楽しみたいのでありんす。天照様のことは、関係ありんせん」

そう言いながら、天宇受売命は天照の頭をポンポンとなでた。

「そういうところ！　そういうところです、宇受命！」

気に障った天照は、再び地団駄を踏んでキーキーと叫びはじめる。

「あれは面倒くさいこじらせ方をしているからな」

「こじらせている、ですか？」

「まあな……あの爆弾は儂《わし》が引き受けておいてやるから、その間に客を部屋まで案内するといい」

シロはそう言って、怒りで両手をふりあげる天照の身体を、ヒョイとつかんだ。いくら子供っぽいとはいえ、お客様を俵担ぎはどうかと思う。

「降ろしてください！」

「大人しくせぬと、池に投げ込むぞ」

「そっと、降ろしてくださいませ！」

「……やはり、投げ込むか」

叫ぶ天照を抱えるシロの表情は至極面倒くさそうであったが、これでお客様をようやく部屋まで案内できる。

九十九は改めて、天宇受売命にお辞儀した。

「それでは、お客様。お部屋までご案内します」

「ええ、頼みんす」

天宇受売命は動じない表情で九十九のほうへ向き直る。

天照の扱いには慣れているようだ。

彼女は天照の側近として仕える神でもあった。考えられないほど長い時間を天照と過ごしているはずだ。

「久方ぶりに楽しめそうで、わっちも嬉しく思ってござりんす」

「ええ。お客様のご期待に添えるよう、精いっぱい努力します！」

「それは頼もしい。期待していいんすよ？」

どのようにおもてなしをしよう。天宇受売命の望みはなんだろう。

接客のことで頭がいっぱいの九十九には、天宇受売命が向けた期待の本当の意味はわかっていなかったのだった。

2

その日。京の様子がおかしいと、九十九はすぐに気づいた。

「え、スタバ？　……ごめんけど、うち今日は帰るけん」

道後温泉駅のスタバに寄って帰ろうと提案したところ、京の反応が芳しくなかったのだ。いつも通りであれば、「行く！」と即答するところである。

「どうしたの？　京ちゃん、熱でも……あるの？」

小夜子もおかしいと思って、京の顔を覗いている。

京は言い難そうに視線を外しながら、ベリーショートの髪を掻いた。

「いや、師匠が……ううん、なんでもない。ちょっと寄るとこあるけん、今日はやめとこうわい」

歯切れ悪く言うと、京は「じゃ！」と、その場をあとにした。

若女将の仕事を理由に、九十九が京の誘いを断ることはあるが……逆の立場になると、結構寂しいものだ。九十九は自分が落ち込んでいることを自覚した。

しかし、同時に京の言動に違和感を覚える。

明らかにいつもと態度が違うのが引っかかった。そもそも、師匠とは、なんのことだろう？

「京ちゃん、なにか隠してる気がする」

「うん……」

九十九の表情が神妙だったせいで、小夜子まで同じような顔をしていた。

京とはつきあいが長いつもりだが、こんなことなど初めてだ。なにかあったとしか思えない。

心配で、つい京が去った方向に視線が引き寄せられてしまう。

「九十九ちゃん、追いかける？」

小夜子の提案は、九十九の頭になかったものだった。

九十九はハッとして、急いでうなずいた。

「う、うん」

本当は友達のあとをつけるなど、よくないと思っている。けれども、京の言動がどうしても引っかかってしまうのだ。

最初は小夜子のことを引っ込み思案で臆病だと思っていたが、最近、つきあっていてわかったことがある。彼女は思ったよりも大胆で、行動的だった。

考えてみれば、友人である鬼を助けるために九十九をけしかけたのだ。元から行動的な性格なのかもしれない。

同時に、どうして小夜子は自分に対してあんな風な劣等感を持っていたのかも気になる。蝶姫《ちょうひめ》は、小夜子に鬼使いとしての力がほとんどないからだと言っていたけれど……九十九の感覚では、理解できないことだ。

第一、小夜子は神気が扱えないが、鬼と対話する能力を持っている。鬼は神気と瘴気《しょうき》を併せ持ち、恨みなど負の念を抱く種だ。本来は普通の人間と会話することはできない。鬼使い特有の神気を使用した言の葉のみ、鬼は聞き入れるのだ。

実際、九十九は結界の内側ではシロの力で蝶姫と会話することができるが、外に出ると言葉を交わすことは難しい。蝶姫がなにを言っているのか聞き取れないし、蝶姫にも九十九の言葉は届いていないだろう。小夜子に通訳してもらうしかない。

それは小夜子の立派な才能であると、九十九は思っていた。

いつか、話してもらえるだろうか？

「京ちゃん、どうして大学なんかに……？」

京を追った先は、大学のキャンパスであった。

九十九たちの通う学校は幼稚園から大学まで密集する、いわゆる文教地区にある。すぐ近くに大学があり、比較的いつでも出入りすることができた。九十九も京に誘われて、何度か大学の食堂を利用してみたことがある。

しかし、普通は高校生が独りで大学へ行く用事などない。

不審に思っている矢先、九十九は別の気配を感じて息を呑む。

「これ……お客様の気配がする」

「九十九ちゃん、それって……？」

九十九の示すお客様とは、もちろん、神様のことである。

宗教系ではない普通の大学から、どうして、強い神気を感じるのだろう。しかも、京は神気に向かって歩いている。

二人は広いキャンパスの端を通って京を追いかけた。

私服の大学生たちが行き来するキャンパスを、制服姿の女子高生が歩くには目立ちすぎる。だが逆に、京のことも見失わずに済みそうだ。

「あれ？」

そう思って、ずっと京を追っていたはずなのに、気がついたら姿が消えていた。

小夜子も同じだったようで、見落としていないか周囲をキョロキョロと見まわしている。

京が気づいて撒いたにしても、その素振りもなかった。

本当に気がつけば、忽然《こつぜん》と消えていたのである。

強い神気の気配も薄くなっていた。

「結界かも」

人間を寄せつけない類の結界である可能性が高い。

神や妖は結界を用いて人を閉じ込め、迷わせることがある。そのまま結界に囚われると、いわゆる、神隠しと呼ばれることもあった。

「なんとかならないの⁉」

小夜子が焦って九十九をふり返る。目の前で友人が消えたとあっては、穏やかではいられない。

「放っておけ」

言葉が発せられたのは、九十九の足元からであった。

見下ろすと、真っ白な毛並みの柴犬が前足をチョンと揃えて「おすわり」していた。柴犬は九十九たちを見あげて、モフリと尻尾を揺らす。なんだか、白いモフモフがふんぞり返っているように見えて愛嬌があった。

「シロ様？」

「如何にも」

シロの使い魔だった。「シロ様」というよりは、「シロ」と呼んだほうが似合いそうな風貌だけれど。

犬と喋る奇異な人間だと思われても困るので、九十九は膝を折って使い魔をなでる。モフモフでふっかふかの毛並みが気持ちよい。

「放っておくって、薄情です……！」

小夜子も抗議をしながら、シロの隣に座り込む。

使い魔は「はあっ」と息を一つ。九十九のほうに顔を向けた。意図を読むに「面倒だ」と言いたいらしい。

だが、九十九は首を横にふる。

「言いたいことはわかっていますけど、わたしも京が心配ですし、どういうことか把握しておきたいので……ご助力いただけないでしょうか？」

「どうせ、ロクでもないとは思うがな」

使い魔は雪のように真っ白な尻尾を揺らし、揃えていた前足を踏み出す。意識はまったくしていないだろうが、うしろから見ると、クルンと巻いたモフモフの尻尾がいっそう強調されていた。実にキュートである。

ついて来いということで、いいのだろう。九十九と小夜子は顔を見あわせて、シロの使い魔についていて歩く。

「まったく……」

しばらくすると、神気の裂け目のようなものを感じた。

おそらく、結界の内部へ入ることができたのだろう。結界自体に害はなく、九十九たちを追い出そうという動きもなかった。

いや、招き入れられた？　シロがいるから？

「九十九ちゃん、どういうこと？　シロ様は放っておけって言っていたけれど……」

「うーん、なんというか……この神気の持ち主のことを、シロ様が無害って判断した結果？」

神によって神気の強弱は存在する。そして、微妙だが神気の質にも違いがあるのだ。

神気を上手く扱えない小夜子にはわからないだろうが、九十九にはこれが誰の神気かわかっていた。もちろん、シロは九十九などより理解しているはずだ。もしかすると、事の顛末までわかった上で「放っておけ」と言ったのかもしれない。

それでも、九十九が請えば案内してくれる辺り、やはりシロには「甘やかされている」と思う。

「あれだ」

使い魔が鼻で方向を示した。

視線を向けた途端、小夜子が口と両目を見開いている。たぶん、九十九も似たような顔をしていると思う。

神気から、だいたい誰の仕業か予測はついていたが……目的など、想像もできなかった。

「わん……つー、すりー、ふ、ふぉー」

「違いんす、やり直し」

ぎこちなく刻まれるリズムを訂正する声。

罵声にも似ているが、どちらかというと、喝だろう。

「う、うぅ……すみません」

肩で大きく息をしているのは、他でもない京であった。制服ではなく、ゼッケンに「麻《あ》生《そう》」と書かれた体操服姿だ。

大きなガラスの前で仁王立ちしているのは、派手な紫のコートを羽織った女性——天宇受売命であった。

「もう一回、お願いします……師匠！」

京が大きな声をあげている。

いつもは、もう少しくだけた印象だが、このときの視線は真剣そのもの。まるで、ボロボロになりながらも敵に挑む勇者のような風格があった。

しかし、この現場、どう見ても……ダンスの練習だった。

「京ちゃん……⁉」

小夜子が声をあげて、前に出た。

突然現れた小夜子と九十九の姿を見て、京は驚いている。目を真ん丸にしてこちらを見ていたが、やがて、視線を逸らす。

「邪魔をしないでくんなまし。今、レッスンの最中でありんす」

京に駆け寄ろうとする小夜子を、天宇受売命が制止する。

小夜子の動きがガクンッと止まった。

圧倒的な神気によって、小夜子の動作が阻害されたのだ。指一本動かせずに、小夜子は怯えた表情をしている。

とはいえ、傍《はた》から見ると、神気が使用されたことなどわからない。事態を把握していない京は、天宇受売命の隣で腕を組んだ。

「ゆづ、朝倉。邪魔しに来《こ》んとって！」

九十九の足元では、シロの使い魔が「だから放っておけと言っただろう」と言いたげに座っている。

「これ、どういう状況？　なんで、天宇……」

「渦目福江《うずめふくえ》と申しんす。ダンススクールの講師をしていんす」

天宇受売命はニッコリと笑いながら、九十九の前に名刺を差し出した。

天宇受売命が人の中に紛れる際の名前と肩書だ。神様の中には、人の世界に入り込んで生活する者もいる。そうやって仕事をして稼いだお金で湯築屋の宿賃を支払うお客様もいた。

天照は動画やブログのアフィリエイトで稼いでいるらしいが、多くの神は自分を祭神として祀る神社から、収益を報酬として受け取っている。そのため、天宇受売命や天照のように自分で稼ぐことは稀なケースだ。

「ちょうどいい素材がいんしたので……無料指導でありんす」

「無料、指導……？」

訝しげに天宇受売命、いや、渦目を眺めて九十九は言葉を反復した。

天宇受売命は芸術と舞踊の女神だ。芸能に秀でた人間に加護を与えることは自然なことである。

だが、京は一般的な人間だ。素人目にはなるが、天宇受売命の加護を受けられる器ではないと思う。

「まあ、楽しみにしておくんなまし」

それ以上、渦目は語る気はないらしい。

九十九は結界の神気が天宇受売命のものであると気づいて、京に害はないと思っていたが、これはどういうことだ。結界を張って人払いしてまで、京に指導をつけている理由がよくわからなかった。

シロの使い魔が「そら見ろ、行くぞ」と言いたげに、九十九のスカートを引っ張っている。普通の人である京の前で、言葉を喋る気はないらしい。思ったよりも常識的な対応だった。

「京」

後ろ髪を引かれるように視線を向けるが、京は俯《うつむ》いたままだった。

――なんか、うちだけできんの面白くないけん。

ダンスができなくて、意地になっていた京の言葉が思い出される。

どうして、渦目が京の指導をしているのかわからないが、きっと、京の気持ちはあのときのままだ。九十九に反発して、意固地にダンスの練習をしているだけ。

こうと決めたら曲げない。いつもの京であることは間違いなかった。

「天宇受……いいえ、渦目さん」

京の隣に立つ渦目に、九十九はまっすぐ視線を向けた。

「京は真剣だと思うので……よろしくおねがいします」

九十九は両手を前で揃えて、きっちりと深いお辞儀をする。

お客様をおもてなしするときのようにていねいに、しかし、接客とは明らかに違う感情を込めて。

「ゆづ……」

黙っていた京が口を開く。

けれども、すぐに黙ってしまう。

「わかりんした。おまかせおくんなまし」

なにも言えなくなってしまった京の肩に手を置き、渦目が言った。その顔は母親のような慈愛に満ち、優しい。神気の流れは変わらないが、たしかに彼女が日本神話の女神の一柱であると実感できるものだった。

信頼しても、いい。

「九十九ちゃん……」

九十九は踵《きびす》を返す。心配していた小夜子も、九十九のあとに続いた。シロの使い魔は一瞬、渦目と京をふり返ったが、やがて、当然のように九十九の隣を歩く。

「面倒なことにならなければいいがな」

白い犬がため息をつく。犬がため息をつくところなど、初めて見た。

「天宇受売命様の真意はわかりませんけれど……少なくとも、京は本気みたいでしたから」

「意地になっておるだけであろう。いつかのマラソン大会で、九十九に負けたときと同じだ」

「……その話、わたしシロ様にしましたっけ？　学校のこと、使い魔で覗き見してるんでしょ⁉」

薄々気づいていたが、この際、はっきりさせておきたかった。

使い魔は大した問題でもなさそうに、耳をピクリと動かしながら九十九を見あげる。

「妻を守るのが夫の役目。であれば、そのくらいは当然のことであろう？　九十九はもっと、儂の結界の外に出る危険ということについて考えるべきだ」

「当然のように……わたしのプライバシーのことも考えてください」

「夫婦は分かちあうものと、相場が決まっておろう」

基本的な考え方がズレている。話は平行線で交わることはないだろう。しかし、シロの使い魔に助けられることもあったので、一概にダメとも言えず。

「話を戻しますけど……京は大丈夫だと思います。いつもの負けず嫌いですから。天宇受売命様も悪い神様ではありませんし」

「儂はロクでもないことにならねばいいと思っておるがな。天宇受売命様の奴が絡むと、漏れなくアレが暴れる」

「アレって……」

シロの指す「アレ」がなんなのか想像がついたうえで、九十九は苦笑いした。

「仮にも常連様なので、もう少しソフトに言ってください」

「儂は充分、寛大だと思うがな」

そう言うシロの使い魔の表情は、心底嫌そうであった。

♨　♨　♨

京と天宇受売命の話は気になるが、九十九には若女将の仕事がある。休まず、きっちりとこなさなければならない。

「若女将、ここは私が片づけますので、今日はあがってゆっくりお休みください」

一日の業務が大方終了した頃合いになると、いつものように仲居頭の河東碧《かわとうみどり》が優しく言ってくれる。まだ学生の九十九には宿題や明日の準備もあるため、夕餉のあとの業務は碧やコマに任せていた。

碧は九十九の伯母に当たるが、神気は使えない。代わりに、剣道の腕前が達人級であると、父の幸一《こういち》から聞いたことがあった。

幸一が婿に入ったころは、よく竹刀でしばかれたと言っていたけれど……目の前で優しく微笑んでいる碧からはまったく想像できない。なにがあったというのだろう。

「碧さん、ありがとうございます」

「いいえ、お気になさらず」

「若女将っ！　おつかれさまでしたっ！」

碧が柔らかい笑顔を作る傍らで、子狐のコマが存在を主張するように、ピョコピョコ跳ねている。

「うん、コマありがとう。あとはよろしくね」

「はいっ！」

コマは気合を入れて両手を握りしめる。

モフッとした尻尾をブルンとふっているのは、自分を鼓舞している証拠だ。耳と背筋がピンと伸び、少しシャキッとした。

九十九は遠慮なく、従業員たちに任せて母屋へ帰る。

旅館はお客様が宿泊する建物だ。九十九や従業員の住居は、庭を挟んで別に用意してあった。オーナーであるシロの部屋も母屋にあるのだが、彼は気ままだ。適当な客室でテレビを見てくつろぐことのほうが多かった。

「若女将。わたくし、お夜食を頂きたいのですけれど？」

宿題を一段落させ、お風呂に入るため準備する九十九の前に、ニッコリ笑顔の天照が現れた。

お客様たちは、いつもどこから現れるのやら。神気を駆使して姿を消したり、唐突に現れた。

れたりするのが常だった。

もう慣れたように思っていても、未だに慣れない。

「サラッと食べられるものがいいです。お茶漬けとか、おにぎりとか、汁物とか？」

すでに九十九はプライベートの時間を過ごしているのに、当然のように要求を述べられてしまった。

「あ、わたくしは太りませんのでカロリーは気にしないでくださいませ」

「便利ですよね、その体質」

神様には、本来、食事は必要ない。

しかし、美食を味わう習慣はある。天照は今、「夜食が食べたい気分」なのだ。故に、人間のように腹に入ればなんでもいいわけではなく、それなりに満足するものを提供しなくてはならなかった。

料理長の幸一になにか頼むか……思案していたところに、ちょうど九十九のお腹がグゥッと鳴りはじめた。

「あらあら。ご一緒しますか？」

「………簡単なものでいいですか？」

「もちろん」

九十九は、はあっと息をついて、旅館の厨房ではなく母屋のキッチンへと向かう。従業員の賄《まかな》い飯などは厨房で作られるが、基本的に生活上の「ご飯」は、母屋のキッチンで作っていた。稀に営業から帰ってきた登季子《ときこ》が料理をするときも、こちらだ。

自分の分も欲しいため、幸一に頼まず自作しようと思う。

「わたし、大したものは作れませんよ？」

「気にしませんわ」

「儂も気にせぬ」

いつからいたのか、シロまでひょこっと顔を出していた。

本当に彼らは、忽然と姿を現す。

「いや、九十九が太ってしまうのは気になるところではあるな」

「余計なこと言わないでもらえます？」

気にしているのに！

「えーっと」

母屋のキッチンは、旅館の厨房と違って家庭的な造りだが、調理器具は一通り揃っている。

冷蔵庫を開けるとアジの干物とキュウリ、大葉が確認できた。九十九は適当にそれらをテーブルの上へと移動させる。

あとは食品庫から麦味噌と醤油、キッチンの収納スペースからすり鉢を取り出した。

「九十九よ、松山あげも入れるのだ」

「はいはいっと」

「夫に対して返事が雑だぞ」

「はいはーい」

九十九は軽く返事をしながらアジの干物をグリルにかけた。その間に、鍋で湯を沸かし、顆粒のかつお出汁を溶かす。

本当は幸一のようにていねいな出汁とりをしたいところだが、あくまで夜食だ。手早く作るのも大事だった。

キュウリの輪切りを塩揉みし、大葉を刻む。プロのようにリズムよく切ることは難しいが、トントンっという音が連続してキッチンに響いた。

その音を聞きながら、天照とシロが頬杖をついて食卓に座っている。

「なにを作ってくださるのかしら？」

「九十九の料理は久しいからな。楽しみだ」

アジが焼けたら身をほぐして、すり鉢へ。鯛が望ましいが、あいにく、冷蔵庫にはなかった。旅館の厨房にはあると思うが、手はつけられない。

ほぐしたアジの身と、麦味噌をすり鉢の中で潰しながら混ぜあわせる。そこへ、作った出汁を投入して、よく延ばしていく。

あつあつのご飯に塩揉みしたキュウリ、刻んだ大葉を盛り、アジと麦味噌が溶け込んだ出汁をゆっくりとかける。

「天照様、お待たせしました」

九十九は食卓で待つ天照の前に、夜食を提供した。

「これは……猫まんま？　味噌汁の中に、ご飯が沈んでいるように見えますけれど……でも、お魚と味噌のいい香りがしますわ。それに、サラッと食べられそう。まさにお夜食ですわね」

「これは、伊予さつまという郷土料理です。サッと作ったので、出汁が熱いですが……本当は冷やした出汁を熱いご飯にかけて食べるんです」

「なるほど。宿で提供されるお膳とは、ひと味違うのですね」

天照が期待を込めた眼差しで、伊予さつまを見ている。そして、両手で腕を持ちあげ、まずは出汁を一口。

「ただの味噌汁のようなものかと思えば……出汁に、焼いたお魚と味噌の味が濃縮されて、いいお味です。間違いなく、ご飯にあいます。そして、夜食に相応しいサラリとした食べ心地……流石は若女将、要求通りですわ」

そのまま箸を使って、流し込むように伊予さつまを食べる日本神話の太陽神。満足そうな顔で、九十九を見あげている。

「松山あげが、入っておらぬ……」

一方のシロは、この世のどん底のような表情で、伊予さつまを見ている。そういえば、リクエストであった松山あげを入れ忘れていた。もちろん、松山あげは出汁をよく吸ってジューシーな味わいとなるため、伊予さつまに入れても美味しい。

伊予さつまの起源は、宇和島《うわじま》藩主に嫁いだ薩摩《さつま》藩主の娘が伝えたものだと言われている。しかし、実際にそのような史実はなく、どうしてそのように呼ばれるのかはっきりした理由はわからない。

ちなみに、伊予さつまの素はスーパーでも手軽に買うことができる。魚を焼いたりする必要がなく、素早く仕上がるのが魅力だ。

「さて、若女将」

わたしも食べようかな！　と、九十九が手を合わせた瞬間、天照が不吉なほど優しい笑みを浮かべた。

子供らしい丸い顔が湛えているのは、魔性の蜜をまとった魔女の顔。並みの男であれば、なにを言われても「はい、わかりました！」と喜んで尻尾をふりそうな魅力を感じる。

「宇受売の件ですが――」

「嫌な予感がしますので、聞きません！」

「まだなにも注文していなくてよ」

「注文されなければ、聞き入れる必要もありませんし！」

酷い屁理屈を唱えながら、九十九は両手で耳を塞いだ。

天照は「まあ……」と困ったふりをしながら、九十九の手背に唇を寄せる。そんなことをされるとドキドキしてしまい、九十九はブルリと身体を震わせた。

「その辺りにせよ、天照。これ以上は見過ごしてやらぬ」

「まあ、つれない。よいではありませんか。せっかく、あなたの巫女《みこ》をアイドルとしてデビューさせるのですから」

ごくごく自然に、サラリと爆弾を仕込まれた気がする。

え？　今なんて？

「若女将を、アイドルとして……このわたくし天照大神がプロデュースいたしますわ」

天照は魔女のような魅力的な表情で、先ほどのセリフを言い換えてみせたのだった。

「あ、アイドル……？」

九十九は冷静になって考え、改めて。

「いやいやいやいやいや、おかしいですよ。なんで、そうなってるんですか。夜食からのアイドルって、ちょっと意味がわからないです！」

「わたくしなりに気を遣って、ワンクッション置いた結果ですわ。もちろん、鬼の巫女とデュオの予定です」

「勝手に小夜子ちゃん巻き込んでます⁉」

九十九は冷静になどなれるはずもなく、どういうことかと天照に抗議した。

九十九がアイドル？　小夜子とデュオを組んで？　なんの話だ！

どこかの芸能事務所に履歴書を勝手に送ったとでも言うのだろうか。よく「兄弟が勝手にオーディションに応募していて……」と説明している逸話があるが、あの類の話なのか。

「今は誰でも気軽に、アイドルになれる時代です。まずは、お部屋の前で披露してくださるお荷物受け取りの舞《岩戸神楽》を動画サイトにアップしてみましたの」

「え⁉　あれを⁉　む、無断掲載ですよね……！」

「事後報告したので、許してください」

「いやいやいやいや⁉」

天照が宅配便を注文するたびに、九十九や小夜子が歌とダンスを披露して、荷物を部屋まで届けている。まさか、あの様子をこっそり動画で撮影され、インターネットにアップされていたとは思いもしない。

「すでに百万再生を突破しています。そろそろ、ダンス以外の動画やブログ、生放送などを配信してアピールしても、よろしい頃合いだと思いまして。着物姿の女子高生がキレッキレのダンスを踊る動画、なかなか大衆の興味を引いたようですわ。もちろん、ちゃんとした大手の事務所の目に留まるよう細工もしますわ」

思ったより、人気だった！　いや、そういう問題ではない。

百万回も再生されたということは、クラスメイトも見ているかもしれない。お化粧もあまりしていないし、着物だって仕事用で……いやいやいやいや、違う。心配する点は、そこではない。

思うよりも自分は混乱しているようだと、九十九は首をブンブン横にふった。

「でも、天照様。わたし、アイドルなんて……」

ただでさえ、現役女子高生であり、神様の巫女で妻、旅館の若女将という肩書特盛り状態だというのに、ここにネットアイドルが加わるなど……流石に、そろそろやりすぎだ。

いや、元々やりすぎだった？

「目的がないわけではあるまい、天照？　我が妻を利用して、なにをするつもりだ？」

慌てふためく九十九の横で、見兼ねたシロが口を開く。どさくさに紛れて、夜食の伊予さつまをきっちり完食したあとだったけれど。

「利用とは、人聞きが悪い。稲荷神《いなりのかみ》」

「儂には、ロクなことには見えぬがな。我が妻を妙な意地のために巻き込んでくれるなよ？　嗚呼《ああ》、九十九。おかわりだ」

シロは真剣な表情で天照を睨みつけながら、右手で九十九に茶碗を寄越す。松山あげが入ってないとか、なんとか文句を言っていたくせに。

「意地などと……これは純粋な勝負ですわ」

「勝負？」

　天照は蜜のように甘い笑みのまま、シロと同じように茶碗を九十九のほうに突き出した。こちらも、おかわりのようだ。

「わたくしと宇受売、どちらが良質のアイドルをプロデュースできるか、ですわ」

「やはり、天宇受売命の関連か……我が妻を出雲阿国《いずものおくに》にされては、困るのだが？」

　出雲阿国の名前は九十九も知っている。日本史の教科書にも載っている有名どころだ。安土桃山《あづちももやま》時代の女性芸人であり、歌舞伎踊りを創始した。関連の地では像や石碑が立っており、現在でも知名度がある女性だろう。

「え、出雲阿国も被害者……いいえ、天照様と天宇受売命様の勝負に巻き込まれたんですか？」

「阿国の話は禁止です……！　あれは、ノーカウントです。ノーカンですわ！　宇受売が凄腕のプロデューサーだったのではなく、きっと、阿国に才能があっただけなのです！」

「才ある者を見抜けなかった、お前の負けであろうに」

　必死に言い訳する天照にとどめを刺すように、シロが息をついた。

「女神同士の喧嘩で歴史上の偉人が誕生しちゃっても、いいんですかね？」

　まさか、出雲阿国をプロデュースしたのは天宇受売命で、天照は彼女と競って誰かをプロデュースしていたが負けたなど……九十九の想像の範疇を超えていた。

「でも」

ここで疑問が一つ。

「天照様は勝負していると言いました。ということは、天宇受売命様も今、プロデュース対象を見つけている、ということですよね？」

天照が九十九をプロデュース対象として選んだことよりも、気になることがあった。

「天宇受売命様がプロデュースする人って、もしかして……」

「察しがよくて助かりますわ、若女将」

九十九が疑問を最後まで口にする前に、天照はニコリ。

それは、すでに勝利を確信した、歓喜の笑みであった。

「あのような凡人を選ぶなど、天宇受売命も見る目がない……それに引き換え、若女将はわたくしが長年育てた優秀な踊り手です。勝利は見えていますわ」

「ちょっと待ってください。わたし、もしかしてそのためにずっと部屋の前で踊らされていたんですか？」

「ふふ」

「ふふ、じゃないですよ！」

九十九は頭を抱えた。

しかし、天照の口振りから、おぼろげだった予想が確信に変わる。

天宇受売命は本気で麻生京をプロデュースしようとしている。

「わたくし、負けませんわよ。今度こそ……今度こそ、勝ってみせます」

天照ばかりが意気込んで、九十九は追いつけない。

九十九がおかわりの伊予さつまを手渡すと、天照は親の仇かなにかのように、一気に掻き込んでしまう。天照にしては、なかなか豪快な食べっぷりであった。

天照がここまで執念に燃える姿など見たことがない。推しのＤＶＤを見ているときは、結構、いや、かなり熱くなっているけれど。

「天照。儂は先にも言ったように、そなたたちの意地のために我が妻を巻き込むことは赦《ゆる》さぬよ」

シロはそう言って、涼しい顔で伊予さつまをすすっている。

「我が妻が芸能人になってしまったら……ドロドロの昼ドラに出演して、イケメンの俳優とキスシーンを演じなければならないではないか……儂には耐えられぬ……」

「いや、シロ様。心配はそこなんですか？　ねえ、そこなんですか？」

あいかわらず、焦点がズレている気がする。

それにしても、シロは九十九が誰かとキスシーンを演じるのが嫌なのか。

自分の巫女を独占したいということ？　それとも――関係のないところで、なんだかモヤモヤして九十九は顔が熱くなってくる。

「動画はすべて削除するがいい、天照。我が妻をアイドルにすることは、儂が赦さぬ。不倫ドラマのキスシーンなど、見たくもない」

「なっ……！　稲荷神、それではわたくしの戦略が！　たしかに、わたくしも推しの安っぽいヌードやキスシーンには反対派ですが」

了承できず、天照がバンッと机を叩いて立ちあがる。

シロは臆せず、天照の前に掌を突きつけた。

「勝負の場ならあろう？」

咀嚼《そしゃく》していた伊予さつまをゴクリと飲み込んで、シロは箸を空の椀の上に置く。

「体育教師が言っていたではないか。来週、創作ダンスの試験を実施すると」

あ、と九十九は口を大きく開けた。

シロは使い魔を駆使して、学校の様子を覗き見ている。当然のように、テストの日付も知っていた。

「アイドルのプロデュースなどと回りくどいことをせず、正々堂々と学生らしく試験の成績で競えばよかろう。そのほうが、結果も早く出る」

「なるほど、それは大変簡潔でわかりやすいルールでありんす」

3

翌日、九十九は夕食の膳を下げる際に「アイドルなどと大事《おおごと》にはせず、試験の成績で競う」というルールを天宇受売命に提示する。天宇受売命は天照と違って両手をポンと叩いて了承してくれた。

ちなみに、天照が勝手に公開していた九十九と小夜子の動画は、すべてシロの目の前で削除させている。天照は口惜しそうにしていたが、九十九が勝つという確信は揺るがないらしい。余裕の表情は変わっていなかった。

「今回も楽しませていただきんす」

天宇受売命はそう言っているが、

「どうして、京なんですか?」

思わず、九十九は疑問を口にした。

京は昔から音痴で、リズム感がない。

運動は得意だが、ダンスの類は幼稚園のころから苦手であった。今回は意地を張って練習しているが、どう考えても天宇受売命の加護を受けるほどの腕前ではない。

かつて、天宇受売命は天照との勝負で出雲阿国をプロデュースしたというが、どう考えても、その器にはなれない。

それは天宇受売命が一番わかっているはずだ。

「面白そうだと思いんして」

「面白そう、ですか。天宇受売命様のことです。京をもてあそぶおつもりはないと信じています……けど……」

「おや、信じてくださるので。しかし、何故?」

何故。

天宇受売命は湯築屋の常連かもしれないが、九十九とは今回の宿泊で初めて会う。信頼する相手かどうか、本当に見極めているのか。そう問われているのだと気づいた。

「天宇受売命様は湯築屋のお客様です」

九十九は言葉を一つひとつ繋げていった。

「そして、この国の神様です。わたしたちに恵みを与えてくださる、大事な存在です」

「それでも、人というものは与えられた恩恵を……わっちらの名を忘れていくものでありんす。近年の堕神の増加を考えても顕著。仏と違って、神は祟るものでありんしょう?神が人に害を与えないものだと、無条件に信じるのは感心しんせん」

いつかシロも言っていた。人に優しい神ばかりではないと。

九十九は名前を忘れられた堕神に襲われたこともある。神々が人に恵みを与えるばかりの存在ではないことも知っていた。

「それでも、わたしはお客様を信じます」

シロの結界は湯築屋や人に害為す者を通さない。

結界を潜る者は、等しくシロが迎え入れたお客様だ。

だが、信じられるのは、それだけではない。

「信じる……違います。信じたいんです」

「ほう？」

言うと、天宇受売命は興味深そうに続きを促す。

「わたし、小さいころから周りに神様がいました。すぐそばにはシロ様がいて、たくさんのお客様が訪れて。一筋縄ではいかないお客様も多かったけれど、とてもよくしてもらいました。お客様をおもてなしするのは、わたしにとっては恩返しなんです」

「神だって、人を裏切りんす」

「天宇受売命様は大丈夫です」

根拠はない。けれども九十九は、はっきりと言った。

天宇受売命は両目を見開いて、九十九を凝視している。

「戯れに試しただけだと、見抜かれていんしたね」

九十九は返答せず、満面の笑みのまま。

天宇受売命はあきらめたように息をつく。

「巻き込んでしまいんして、ごめんなさんし。本来であれば、わっちと天照様の問題でありんす」

天宇受売命はそう言いながら、豊満な胸の下で腕を組みかえる。

「天照様は意地になっているだけでありんす」

「そこなんですけど……天照様は天宇受売命の舞踊がお好きなんですよね？　どうして、あんな風に天宇受売命様に当たるんですか？」

天宇受売命に対する天照の反応を見て常々疑問だった。

「曰く、わっちが露出しすぎなのだとか」

「ろしゅ、つ？」

意外な返答に、九十九は目が点になってしまった。

天宇受売命は、はあっと嘆息する。

「最初は特になにも言われなかったのでありんすが……ある時期を境に、天照様は裸で踊るなど品がないと激怒しんしてなぁ」

天岩戸《あまのいわと》に引きこもった天照を誘い出すために、天宇受売命が踊ったことは有名な日本神話の一幕だ。

その際、天宇受売命は集まった八百万《やおよろず》の神々の気分を盛り上げるため、衣服を脱ぎ捨て扇情的に舞ったという。服を脱いで踊った天宇受売命の姿を見て神々は大いに楽しんだ。その声を聞いた天照が岩戸の外を覗き見て、隙を突いた天手力男神《あめのたぢからおのかみ》が外へ引っ張り出したのだ。

「わっちにとっては、脱ぐことなどどうでもよいのでありんすし、神々にも気にする者はいんせんけれど……天照様が言うには、わっちの肌を他人様に見られるのが嫌なのだとか？ あのときも、岩戸から出されたことよりも、わっちの身体に布を被せることに必死でいんした」

「は。はあ……？」

天照は浴室でも、あまり肌を隠さないほうだ。九十九が入浴していると、よく一緒に入りたがるので知っている。九十九にタオルで隠せと言ったこともない……お風呂場は関係ないとか？

いや、むしろ、

「わっちの喋り方も人間の遊女の言葉だから改めろと言われたこともありんして。曰く、安い女のように見られるのが嫌なのだとか？ ちょっと理解できんせん。わっちの言葉を真似たのは、人のほうでありんすのに」

聞いていくと、なんとなく理解してきた気がする。

「シロ様がこじらせてるって言っていた意味が理解できました……天照様、本当にこじらせてるんですね……」

「こじらせている？」

天宇受売命は不思議そうに九十九の言葉を繰り返した。

天照は天宇受売命を嫌ってなどいない。

逆に、好きすぎるのだ。

推している女神《アイドル》が易々と肌を見せたり、廓言葉を使ったりするのが嫌だったのだろう。

——たしかに、わたくしも推しの安っぽいヌードやキスシーンには反対派ですが。

前々から、天照が好きなアイドルグループのメンバーがドラマで脱いだり、キスシーンを演じたりしていると、怒るような言動が見られていた。

ただの喧嘩ならともかく……これは、根深い。天宇受売命が自覚していない分、余計に。

「まあ、今回もまたねじ伏せて差し上げればよろしいんす」

天照の感情をイマイチ理解していない天宇受売命は得意げに笑っていた。

「ほら、ロクでもないと言ったであろう？」

夕餉の膳を持って天宇受売命の部屋から出た九十九の隣に、いつの間にかシロが現れていた。

いつもながら、唐突に現れないでほしい。

「シロ様は知っていたんですよね？」

「天照が意地を張っておるのと、天宇受売命が疎すぎてな……天宇受売命が宿泊するたびに、騒がしくてかなわぬよ」

「知っているなら、最初から言ってくれればよかったのに……仲直りさせようとか、思わないんですか？」

「何故《なにゆえ》？」

シロは心底疑問だと言いたげに問い返した。仲直りさせようという発想がなかったらしい。

「あれが原因で天照が岩戸隠れでもすれば話は別だが、まだなにも起きておらぬからな」

「……これだから、神様って」

九十九は脱力した。

仲直りするかどうかは別として、二人にはゆっくりと話しあう時間が必要なのではないか。

そう思われた。

こじらせ女神の意地など関係なく、テストの成績も大事にしたいため、九十九はいたって真面目に創作ダンスの練習に打ち込んだ。

4

「京。天宇受……渦目さんとの練習はどう？　上手くいってる？」

体育前の休憩時間、九十九は何気なく京に声をかける。

京と休み時間などは普段通りに過ごしている。けれども、放課後になると京は練習のため、そそくさと九十九たちの前から立ち去ってしまっていた。

なるべく、ダンスの話題には触れないようにしていたが、無視し続けるわけにもいかない。

「うん、まあ……」

京は歯切れ悪く九十九の質問に答える。

練習の成果が芳しくないのか、それとも、そういう姿を見せたくないのか。

天照もだが、京も意地を張って頑なになっている。

「ねえ、ゆづ」

京は短い髪を軽く掻きながら、九十九のほうへ視線を寄越した。

「うち、ゆづとは長いつきあいやけど、一回もゆづの家に遊びに行ったことない……ゆづの家が旅館なのは知っとるし、バイトが大変そうなのもわかっとるんよ。ゆづのお母さん、海外に仕事とか行っとって、たぶん、家事も大変なんやと思う」

湯築屋の結界は只人を寄せつけない。そもそも、中に入りたいと思わせない作用がある。もしも、入りたいと思っても都合よく用事が入ったり、また今度でいいと思わせるように働くらしい。

京はずっと、九十九のいる湯築屋に「入りたい」と思っていながら、結界の力で「いつもたまたま都合が悪くなって」阻まれていたのだ。

「京……？」

「大変そうやのに、平気な顔して……もうちょっと、うちも頼って欲しい」

「え、京？　なに言って……」

「気に入らんのよ」

「え」

気に入らない。

そのようなことを言われたのは初めてで、九十九は身体を固まらせてしまった。

たしかに、高校生と若女将の両立は難しい。京が言った通り、登季子も海外出張が多くて家にいないため、家事も幸一と分担していた。

それでも、湯築屋の従業員が支えてくれるし、シロだっている。

九十九は決して独りでがんばっているわけではない。お客様もよくしてくれて、楽しい。

京に頼る必要なんてなかったし、思いつきもしなかった。

「うち、学校で適当に遊べる都合のいい友達ポジなんやろ？」

「…………!?」

口を半開きにしたまま、言い返すことができなかった。なにを言えばいいのか、単純に言葉がすぐに出てこなかったのだ。

なにも言えない九十九を見て、京の顔が激昂して赤くなっていく。目を赤く充血させて歯を食いしばっていた。

こんな表情の京を前に、なにを言えばいいというのだ。そんなに都合のいい言葉なんて、九十九は持ちあわせていなかった。

九十九は今まで京に頼ったことなどない。

つきあいが長いと言っても、ほとんど幼稚園や学校だけの関係だった。帰り道に遊んだり、半日ほど出かけることはあっても、そこまでだ。

おまけに、最近は小夜子が湯築屋で働きはじめたこともあり、京を放って二人で行動することも少なくなかった。

普通の高校生って、友達となにを話すんだろう？

ドラマやアニメの話？　……あまり見ないので、特に話すことがない。

好きな人の話？　……そういえば、京は九十九の話を聞きたがるが、こちらから聞いたことはない。

家についての愚痴？　……環境が特殊すぎて愚痴をなかなか言い難い。

京とは、なにもしていないことに、今更気づいた。

客観的に見ると九十九にとって、京は学校で適当に遊べる都合のいい友達、なのではないか。

長いつきあいだ。京のことは、わかっているつもりだった。

でも、実はなにも知らない。

「渦目さんから聞いたよ。うちらの体育の成績で勝負しよるんやってね？」

「京、でも、それは……」

「せっかくだから、うちらも勝負しようよ……うちが勝ったら、なんでも言うこと聞いて」

京の目が本気であることを感じ、九十九は息を呑んだ。

「……いいよ、わかった」

軽率な判断だろうか。それでも、九十九は慎重に選んだつもりだった。

体育館の窓に視線を送ると、真っ白な鳥がこちらを覗き込んでいた。シロの使い魔だ。

猫だったり、犬だったり、鳥だったり、様々な形に変化《へんげ》して九十九を見守っている。

湯築屋にいるシロは「ロクなことにならぬ……」と呆れているに違いない。その姿が目に浮かんだ。

「九十九ちゃん、京ちゃん。先生来ちゃうよ」

授業開始のチャイムが鳴っても整列しない九十九の手を、小夜子が引く。九十九はうなずき、出席番号順の列の最後尾に並んだ。

今日の体育は来週行われる創作ダンスのテスト練習に充てられる。ほとんど自習のようなものだ。あまり真面目に練習せず、雑談ばかりしている生徒も多かった。

課題曲に個人や班で、楽な振り付けを考えたあとは、適当に練習するだけでいい。ダンス大会に出場するなどという目標もないため、おおむね緩い授業であった。

「京ちゃん、結局、班は私たちと別々にするんだね……」

一人で練習の位置取りをしている京を見て、小夜子が心配そうに言った。

元々は、三人同じ班で踊るつもりで振り付けを考えていたのだが、勝負となってはそうはいかないということだ。

九十九は黙って、京の練習を見つめる。

「あ……」

体育教師がリピートでダンスの音源を再生しはじめた瞬間、京の身体が動いた。

キレはあまりない。

だが、振り付けの難易度が違う。

九十九たちと一緒に考えた振り付けではなく、もっと、難しい動きのものだった。天宇受売命が考えた振り付けで間違いないだろう。

京の表情は必死そのもので、なんとか身体で振りを追っている。

先週まで、まったくリズムがとれずに四苦八苦していたとは思えない。天宇受売命の指導が行き届いているのだ。成長速度を考えれば、来週のテストで完成する。

「あれ、九十九ちゃん?」

ぼうっと京のダンスに見惚れている小夜子を余所に、九十九は念入りに準備運動をはじめた。

「小夜子ちゃん、練習しよう。京に負けないように」

「え? う、うん……」

京は本気だ。

だったら、こちらも本気で応えなければ失礼だと思った。

やるからには、ベストを尽くす。

九十九と小夜子の練習時間は旅館の仕事が落ち着いた時間帯だ。

業務が一通り終わると、片づけは碧たちに任せて練習に打ち込む。運動前なので、賄いは食べていない。

「そこは、もっとキレが欲しいですわ。二人で動きを揃えてくださいませ」

天照が声をあげてビシッと指摘する。大変気合の入った一喝であったが、本人はこたつでみかんの皮を剥いており、絵面としてはのんきなものであった。

部屋の壁はアイドルのポスターで埋め尽くされている。普段、目立つ位置に設置されているスクリーンとプロジェクターは、ダンスのスペースを確保するため、端に寄せられていた。ホームセンターで買えるカラーボックスには、ぎっしりとＤＶＤが詰め込まれており、保存用と鑑賞用に分けられている。

パソコンは最新のデスクトップと、こたつ用のタブレット端末が完備。動画サイトで課題曲の「おどってみた動画」を再生し、比較しながら振り付けと構成から再考している最中だ。

一ヵ月以上の連泊が多いため、この岩戸の間は天照専用仕様となっている。もはや、湯築屋の居候状態では？　と、思うことも度々あった。

ちなみに、現在は全国ツアーに出かけて戻ってきてからのカウントになるので、二十四連泊くらいだったと思う。

「宇受売も考えましたわね……」

天照は動画を眺めながら爪を噛んでいる。

京の新しい振り付けは複雑で、上手く踊れば見栄えしそうだった。それに、あれをダンスが苦手な高校生が踊るという点だけでも、評価に値するというのが天照の主張だ。

「高校生の体育ということを加味すると、これは非常に危険ですわ。こちらが技術で勝っていても、努力した痕跡が見えるという一点において加点される可能性があります。完全にマスターしていなくとも、そのダンスを考えて挑戦したという精神論を評価する。根性論が好きな、この国の人々が大好きな加点方式でしょう……もう少し奔放に生きればよいと、わたくしは思いますがね」

などと分析したうえで、天照は九十九たちにダンスの再構成を要求したのだ。

「大丈夫ですわ。若女将たちなら、もう少し上のランクの振り付けでも問題ないでしょう。あとは、わたくしが九十点を出せる程度の出来に仕上げれば完璧です。勝利は揺るぎませんわ」

「天照様、評価してくださるのは嬉しいんですが……」

新しい振り付けを踊ったあとに、九十九は苦笑いした。

隣で小夜子がしきりに肩で息をしている。目が死にそうなくらい虚ろで、表情だけで「もう無理」と訴えていた。仕事終わりに連続で踊れば当然である。

小夜子はどちらかというとインドア派であり、運動に慣れていない。他のスポーツも真剣にやれば、それなりに開花するとは思うが、運動不足ばかりはどうにもならない壁だった。

「若女将っ、小夜子さんっ。幸一様からの差し入れをお持ちしました！」

小夜子が目を回して力尽きたところで、部屋の外からコマの声が聞こえた。

九十九が扉を開けてあげると、トコトコッと足音を立てて二本の足で歩く子狐が入ってくる。

頭に載せたお盆には、くし切りにされた柑橘《かんきつ》の皿が三つ。

「紅《べに》まどんな！　美味しそう！」

「はいっ。幸一様がご褒美に、と！　もちろん、天照様の分もあります」

コマは天照の前に、ガラスの器に盛られた紅まどんなを差し出した。

「柑橘のブランドを一目で言い当てるなど、若女将は大した能力をお持ちですのね」

くし切りになった状態の紅まどんなをまじまじと眺めて、天照は感嘆の声を漏らす。

「え、そんな大げさな。ブランドみかんの識別と、綺麗な皮剥きは愛媛《えひめ》県民の基礎教養ですよ？」

九十九は当たり前のように言いながら、コマから紅まどんなを受け取る。

紅まどんなの特徴は、薄い皮とゼリーのようにプルッとしたジューシーな果肉だ。くし切りにすると、それが顕著でわかりやすい。更に、だいたいの旬と、上客である天照にも出すという場面も照らしあわせると、自ずと選択肢は決まってくる。

このくらいは基礎教養だ。県民なら、誰でもできる。

同意を求めるように、小夜子に視線を送ると、

「……私、全然みかんの見分けつかないよ？」

「え？」

そういう県民もいる、かもしれない……。

「ウチも、わからないです。あ、でも！　みかんの皮は上手に剝けますっ！」

小夜子に加えて、コマも首を横にふっている。

「……そうなのかな？」

「うん……名前書いてくれないと、難しいかも。でも、みかんの皮は、ちゃんと剝けるよ！」

みかんの皮を綺麗に剝くのは、愛媛県民の基礎教養。こう訂正すべきだと思えてきた。

ちなみに、紅まどんなには厳しい審査があり、大きさ、糖度などの基準をクリアしていなければならない。故に、値段も高く「高級みかん」として認識され、贈与用として重宝されていた。

「うん、美味しい！」

プルプルトロトロの食感と、口の中いっぱいにあふれ出すジューシーな果汁。濃厚な甘

みが押し寄せてきた。

内皮《じょうのう》も薄く、手で剥いたり、あとで吐き出す必要がないため非常に食べやすい。種がないのも特徴の一つであった。

まさに、木に生《な》るゼリー。

水分量の多さと甘さが、疲れた身体にしみる。賄いを食べていなかったせいか、余計にそう感じた。

「小夜子ちゃん、終わったら温泉に入ろっか」

「うん！」

「お風呂あがりの牛乳が今から楽しみ！」

九十九はすっかり元気が出て、伸びをする。ジャージの裾からおへそが見えるが、ここには女子しかいないから大丈夫。

「さて、補給が終わったら練習あるのみですわよ！　あなた方には、わたくしのすべてがかかっているのですから！」

日本神話の太陽神の「すべて」をかけられるなど、大げさな。

「わかりました……でも、天照様。天宇受売命様のことですが……一度、じっくり話しあってみてはいかがですか？」

天照は頑なに口をへの字に曲げたまま、「ふん！」と鼻息を鳴らした。

これは、あまり腰を据えて話しあったことがなさそうだ。

「宇受売が悪いのですわ。わたくしは、せっかく彼女を思って忠告しているのに……」

「そうは言っても、天宇受売命様は今のままでいいと言っていますし。伝承や口調なんて、気にしていないじゃないですか」

「お黙りください」

天照はこたつの中で足をバタバタと動かし、紅まどんなを指で突いた。

「須佐乃男《すさのお》なんて、悪ふざけが過ぎるのですわ。宇受売に会うたび、岩戸神楽の舞を見せろと言うのですよ……あろうことか、宇受売は二つ返事で承諾しますし！」

「本人がそれでいいなら、いいんじゃないですかね……？」

「よくありません！　みなさま、宇受売の舞をなんだとお思いですか!?　軽々と披露して笑っていいものではありませんよ！　よいですか。あれは神事なのです！　神楽の起源ですからね！」

天照は早口で捲し立てながら、こたつをバンバンッと叩いている。その鬼気迫る形相に驚いてか、コマが「ひぃっ」と、毛を逆立てて怯えていた。

シロが面倒くさがっていたわけだ。

天照はこじらせている。天宇受売命のことが嫌いなのではなく、どうしようもなく好きなのだ。そして、意地になっている。

「宇受売は、もっと自分の価値を自覚すべきなのです！」

言い出したら止まらない。

天照は震えた声で、頬を赤らめて興奮しながら、九十九たちに「もう一度、最初から練習です！」と叫ぶ。

紅まどんなを口に入れて、顔が若干綻ぶ瞬間以外は、終始態度は一貫していた。

5

試験の日は訪れた。

それぞれに練習を重ねた生徒たちの成果を評価する日だ。

もっとも、九十九たち以外の生徒にとって、さほど大きな意味を持たない、小さな試験でしかないのだが。

「それでは、体育の授業をはじめますよ！　今日は、特別にダンススクールの先生にも来てもらいました！」

「渦目福江です、お願いしんす」

パンパンッと両手を叩いて、授業の開始を宣言したのは体育教師――隣には、何故か天宇受売命の姿があった。

「ちょ、あ、天宇……渦目さん！　なんで？」

「嗚呼、どうせなら直接見学しようと思いんしてなぁ。ちょこっと細工しんした。今日はゲストの渦目福江でありんす。さあさ、列にお戻りくださんし」

九十九が小声で問うと、天宇受売命——渦目はニコッとウインクしてみせた。神気を使用し、自分がゲストとして体育の授業に参加できるよう、細工したのだ。証拠に、誰も渦目を不審に思っていない。

「つくもおねえちゃーん！　がんばってぇ！」

九十九が列に戻って座った瞬間、今度はうしろから黄色い声援。

ギョッとしてふり返ると、小学生くらいの幼い少女が元気いっぱいに声を張りあげ、両手をふっていた。

長い黒髪をツインテールにして、暖かそうなモコモコの赤いポンチョを着ている。手をふるたびに、リンッと鈴が鳴るのも可愛らしい……どう見ても、天照だけど。

膝に白い猫が乗っているが、あれも様子を見にきたシロの使い魔だ。

「つくもおねえちゃん、おうえんしてるよー！」

普段からは想像もできないような裏声で、天照は九十九の名を呼んでいた。渦目と同じく神気で細工をして、九十九を応援しに来たらしい。

無邪気に手などふって笑っているが、九十九には天照の真意が透けて見えていた。あの可愛らしい顔で「負けたら許しませんわよ」と思っているに違いない。そういう笑顔だ。ものすごい気迫を感じる。小夜子を確認すると、真顔でガタガタと震えていた。

神気の無駄遣い……！　両女神に、そう突っ込んでやりたかった。

「それじゃあ、みんな班別に並んでください。順番に」

体育教師の声を合図に、生徒たちがダラダラと移動をはじめる。

事前に引いたクジによって、九十九と小夜子の順番は一番最後と決まっていた。京は最後から二番目だ。

テストの点数は体育教師の採点とクラスメイトの投票によって決定する。もちろん、自分に投票することは禁止されていた。

教師の採点分が十点。ここに、自分を除く女子のクラスメイト十四点分の投票が入ることとなる。例えば、教師の採点が八点だったとして、生徒の票が三人分だったならば、合計点数は十一点だ。

「ゆづ、忘れとらんよね？」

班別に並んだ際、隣になった京が九十九のほうを睨んできた。あれから、まともに会話をしていない。

九十九は怖気づくことなく、まっすぐに視線を返す。

「うん、わかってるよ。わたしだって、やれるだけ練習したから、本気でいくけどいい？」

「期待しとこうわい」

小夜子だけが雰囲気に呑まれて小さくなっていた。

――うち、学校で適当に遊べる都合のいい友達ポジなんやろ？

京の言葉が頭を離れない。

九十九は京を都合のいい友達だと思ったことなど一度もない。

けれども、京はそう感じていたのだ。

神気もなく、神職とも関係のない京に、湯築屋のことを話すのは好ましくない。結界の内側へ連れて行こうとしても、シロが拒むだろう。

温泉旅館などに来てはいるが、神とは神聖なものだ。

只人が軽々しく触れてもいい存在ではない。見えないからこそ、人は神に畏怖を抱き、信仰する。何千年も守られてきた神秘の秘匿が破られれば、信仰のあり方は崩壊するかもしれない。

それでも……九十九は友人として、もっと京に話すことがあったのではないか。

九十九にはそんなつもりはなくても、無意識のうちに、都合よく考えてしまっていたのではないか。

そんな気がして、今更、自己嫌悪する。実際に、九十九は京から言われるまで、自分の行為に気がついていなかった。

他の生徒たちが踊るダンスの曲を聞き流しながら、九十九はそんなことを考えていた。

「じゃあ、次は……麻生京さん」

「はい」

名前を呼ばれて、京が立ちあがる。

背筋がピンッと伸びており、視線が高い。立ち振る舞いがいつもより堂々としている。

これも渦目の指導だろう。

これまで楽しそうに体育館ステージを眺めていた渦目の視線が真剣になる。

うしろでは、天照が猫を被るのをやめ、剥き出しの闘志をぶつけてステージを睨みつけていた。

天照様、振れ幅が大きすぎて怖いです。と、九十九は顔を引きつらせた。小夜子も寒気を感じたのか、鳥肌が立っている。

京は静かに曲がはじまるのを待っていた。

静かすぎる。

が、音が響いた途端、止まっていた時間が動き出した。

「ねえ、すごいね……」

小夜子が思わず、ため息を漏らしている。

それくらい、京の動きは複雑で、しかし、精錬されていた。

振り付けに隙がないという印象だ。リズムではなく、一連の動きとして覚えてしまっている。リズムを刻んで待つ場面が少なく、常に動いていた。

リズム感はないが、激しく複雑な動きをこなす運動神経のある京にとって、ピッタリの振りなのかもしれない。

京の仕上がりを見ていれば、渦目の指導が最適だったとわかる。

先週の体育の授業で見たときよりも、格段に動きがよくなっており、振り付けも増えていた。

「あ」

いつの間にか、終わっていた。

クラスメイトの顔を見ると、皆、同じ気持ちのようだった。まったく時間を感じさせないパフォーマンスであり、「もう少し見たかった」という感想がわいてくる。

少しの静寂のあと、どこからかパチパチと小さな拍手が聞こえる。そこから広がるように、クラスの女子全体から大きな拍手が生まれていた。

学校の体育館で、たった十数人しか観衆がいないはずなのに……まるで、ライブ会場にいるような感覚だ。

なんだか、楽しい！

素直にそう思えてしまう。

「次、湯築九十九さんと、朝倉小夜子さんお願いします」

「は、はい！」

京のダンスの余韻から醒めないうちに、名前を呼ばれる。

慌てて九十九と小夜子はステージへ登った。演技を終えた京とすれ違う形となり、一瞬目があったが、逸らされてしまう。

「…………」

集中しなければ。

集中しないと……。

頭の中に、京のダンスがこびりついて離れない。

あんなものを直前に見せられてしまったら、平気でなどいられなかった。

ステージを見る生徒の視線が刺さる。渦目も、こちらをじっと見ていた。前のめりになる天照の顔も怖い。

どうしよう。最初の振り付け、なんだっけ？　九十九は自分でも気が動転していると感じた。

身体中を嫌な汗が流れていく。

「みゃあ」

必死すぎて焦っている九十九の耳に、一声。

気の抜けた猫の鳴き声が響いた。

天照が抱えた白い猫――シロの使い魔であった。

「………」

その瞬間に、頭の中がスゥッと晴れていく。胸を支配していた動悸がおさまり、冷静になっていった。

シロが神気の力でも貸してくれたのだろうか？

否、違う。

なにもない。なにもないはずなのに、不思議なことに心が落ち着いていく。

ステージに位置取りをして、深呼吸。

音楽が鳴るまでの静寂で、頭を空っぽのままにしようと努めた。

「……よし」

やれる。

興味深そうにこちらを見る渦目の顔も、妄執に取り憑かれた天照の顔も、複雑な表情の京の顔も目に入らない。

頭の中では、なにも考えないようにした。

無心で、鳴りはじめた曲にあわせて身体を動かす。

床を踏み鳴らし、両手を前に。関節をいかに滑らかに、そして、キレのある動きになるかを考えた。隣で踊っている小夜子の動きを視界に入れつつ、二人でタイミングをあわせる。

いつの間にか、汗をかいており、指の先から水分が飛んでいく。

なにも考えず、手足を動かし、リズムを刻む。

――うち、学校で適当に遊べる都合のいい友達ポジなんやろ？

考えないようにした。

見ないようにした。

それなのに、ステージの下からこちらを見あげる京に、釘付けになってしまった。

「…………」

それでも、なんとか最後に決めポーズをとる。

小夜子も九十九も肩で息をしていた。汗が四肢を滴って、どうしようもないくらい身体が熱い。こんな感覚は、連続で練習したときにも味わえなかった。

クラスメイトたちが立ちあがって、拍手している。スタンディングオーベーションというやつだ。初めての出来事に、九十九も小夜子も恐縮して、身体が小さくなっていった。

それでも気になるのは――京の視線で。

九十九は息を切らしたままステージを降り、京のそばへと歩いていく。

だが、その進路に割って入るように、渦目が現れた。

「とても素晴らしかったでありんす。少し、ハグさせておくんなまし！」

「は、はぐ……!?」

突然のことで、ぼうっとしていると渦目が容赦なく両手を広げ、九十九の身体をきつく抱きしめた。理解が追いつかないまま、九十九は頬を赤くしてしまう。

「ふふ。いい勝負になりんした。最高でしたよ、若女将」

解放されて周りを見回すと、外国人のような渦目のリアクションに「アハハ！」と笑いをあげているクラスメイト。

あんぐりと口を開けたままの小夜子。

歯ぎしりしながら、渦目にハグされた九十九を睨みつけている天照。

渦目を退治でもしようとしているのか、足元で猫パンチを繰り出すシロの使い魔。

情報量が多すぎて、九十九の頭はパンクしそうだった。

教師が採点し、そこへ投票された生徒たちの点数を足していく。

本来ならば、後日に結果発表だったのだが……渦目か天照のどちらかが細工したようだ。体育教師は生徒たちに自習を言い渡して、その場で採点と集計をはじめた。体育は二時間続いているので、少し時間が余っていたのも幸いする。

ボールを持ち出して、球技をはじめる生徒もいれば、体育館の隅で雑談する生徒もいた。

「湯築さんたち、すごかったねぇ」

「麻生さんも一人なのにすごかったぁ。どこかで習っとるんやろうか？」

「あそこだけ次元が違っとったんよねぇ……確認するけど、これ体育の授業よねぇ？」

「昨日見たら消えとったけど、この前、湯築さんに似た人が踊ってる動画見たんよ」

「あ、それ、あたしも見たー。削除されとったし、本人に聞いたら全否定されたわ」

体育の授業に不相応なダンスを披露したせいか、クラスメイトの会話がちょいちょい恥ずかしい。

動画を削除してもらっておいて、本当によかった。着物姿だったせいか、本人かどうか完全に特定し難かったのも救いだ。たぶん、誤魔化せているはず。たぶん。

「ふふ。若女将、今日のダンスが一番素晴らしかったですわ！　特別に、九十二点を差し上げましょう！」

演技の終わった九十九に、天照はそう言いながら胸を張る。

「すごく褒めていただいている割には、満点じゃないんですね」

「所詮は素人です。プロにはかないませんからね。自惚れないでくださいませ」

「はあ……例えば、天宇受売命様なら満点ですか？」

「それは、もちろ……な、何故、今その話になるのですか！　宇受売だって満点は難しくてよ！」

天照はあからさまに取り乱し、口調を濁らせる。その仕草が、見た目通り、愛らしいと思えてしまう。

「天照様は本当に素直じゃありんせん」

コロコロと笑声を転がした渦目が近づいてきた。ダンススクールの先生らしく、各グループを回ってコメントをしているようだ。

渦目の姿を見て、天照が白い頬を真っ赤に染めつつ目尻をキッと吊りあげる。

「どうでしたか？　わたくしの育てた若女将のダンスは！　この日のために、宅配便のたびに鍛えていましたのよ」

「ええ、楽しませてもらいんした」

渦目はニコリとした顔で天照を見下ろしている。

その表情がとても嬉しそうなので、九十九はふと気になってしまう。

天照はとても面倒くさいことを言っている。意地を張って、わがままを言っている。

それなのに、渦目はとても優しく笑っているのだ。

「わたくしが勝ったら、今度こそは言うことを聞いていただきますからね！　八百万の神に対して、新しい宇受売のイメージについてプレゼンを考えていますの。清楚でおしとやかな淑女系ダンサーなど、イケておりますわ」

「それも面白そうでいんすが、イメチェンするには、うん千年の単位で遅かったでありんす」

「そのようなことはありません！　今からでも！　遅くはないです！」

必死に食い下がる天照を軽く受け流しながら、渦目は本当に楽しそうだった。心なしか、天照のほうも生き生きとしている。

二人を見て、九十九は安心してしまう。

あの二人が仲直りできればいい。そう考えていた九十九の気持ちは、おこがましいものだと反省した。

だって、そこにいる女神たちは、とても仲がよいのだから。

「ゆづ……」

おもむろに京が近づいてきた。

やり場がなさそうに目線をうろつかせている。少しずつ前に進んでいるが、足運びには迷いがあった。なにかを言いたそうに口をモゴモゴしているが、聞き取れない。

「京、すごかったね！　びっくりしちゃった。渦目さんと、たくさん練習したんでしょう？」

京が口を開く前に、九十九は明るく声を発した。

もっと、他に言うべきことがあったかもしれないが、今はこれしかなかった。単純に努力をした京に称賛を送りたい。そう思ったのだ。

「ゆづ、うち――」

「集計ができましたー！　発表するので、集合してください！」

ちょうど、体育教師が得点の集計を終えて声をあげていた。

京は開きかけた口を閉じて、黙って踵を返してしまう。九十九や他の生徒たちも、一斉に集まっていく。

「では、上位三グループの発表です。まずは、高橋《たかはし》さんと斎藤《さいとう》さんのグループ！　とても、可愛らしい寸劇が入っていて、工夫を凝らしていたと思います。九点！」

九十九はさり気なく、京の隣に座る。

京は少し表情を歪めたが、九十九を無視して前を見た。

「ねえ、京」

「………」

ひそひそと、京に話しかける。

京は聞いていないふりをしているが、九十九は構わず続けた。

「わたし、自分の票は京に入れたよ」

「え？」

ようやく、京が意外そうな表情で九十九をふり返った。顔には、「なんで？」と書いている。

普通、自分が競っている相手には票を入れない。生徒の得点は十四点を全員で奪いあう制度になっている。そんな余裕はないはずだ。

「やっぱり、京が一番上手だと思ったから。見直しちゃった」

九十九が臆面もなく言うと、京は体育座りのまま視線を下げた。

「ありがとう、京。本気でやれて、楽しかったよ」

京は俯いたままだった。表情は見えず、どんな感情を秘めているのかわからない。

「一位と二位は、非常に接戦でした。先生は、二班ともに十点をつけています」

体育教師の解説が聞こえているような。聞こえていないような。

「それでは、一位と二位は一緒に発表します」

結果など、どうでもいいように思われた。

「一位は、麻生京さんです！　十八点を獲得しました！」

結果発表の瞬間、うしろのほうで奇声があがる。負けて悔しがる天照の悲鳴だ。膝を床につく音まで響き渡っていた。

「おめでとう、京」

京が顔をあげた。

ずっと泣いていたのだろうか。目からこぼれた大粒の涙が頬を伝っていた。

「うちも——」

弱々しい声が、かすかに九十九の耳へ届いた。

「うちも、自分の票は、ゆづに入れたんやけんね……他に入れる相手なんて、おらんかったし」

京の言葉を聞いて、九十九は目を見開く。

けれども、すぐに笑顔になった。

「ゆづ……ごめん……」

京は言葉を紡ぎながら、更に頬を涙が濡らしていく。

勝って嬉しい——否、京が嬉しくて泣いているのではないと、すぐにわかった。

「うち、あんなに酷いこと言ってしもうた……ごめん……」

普段、サバサバしている京が急に泣きはじめて、クラスメイトたちが動揺している。

九十九は気にせず京の頭に軽く手を置いた。京はいっそう表情を崩しながら、九十九の肩に顔を埋める。

顔の見えなくなった京の頭をなでた。

「わたしも、ごめん。約束通り、なんでも言うこと聞くから……京が寂しいって、気づかなくてごめん」

「そうよ。うち、いっつも……ゆづは忙しいからって、あんまり、誘えんくって……本当は、もっと、いろんなとこ、行きたいし……！　学校以外でも、遊んで！」

京は京なりに、九十九に遠慮していたのだ。

学校では普通の友達でいられるが、休日、一日かけて遊びに行ったりすることはない。仲のいい同級生たちはお泊りだとか、カラオケだとか、楽しい話をしているけれど、九十九には旅館の仕事がある。学校帰りの寄り道程度はしていても、夜まで一緒にゲームをしたり、お店で長話をしたり、そんな日常もない。

九十九にとって、長くつきあっている一番の友達は京だ。

しかし、それは京にとっても同じ。

同じなのに、九十九の都合で周りの女子高生たちのような、当たり前の日常を送れない。九十九には仕事があるのだから、仕方がない。大人になって、そう割り切らなければならないのだと思う。

理屈は京だって痛いほどわかっている。わかっているからこそ、今まで我慢し続けてきたのだ。

それが今回爆発した。

京の爆発に九十九は戸惑ったが……これでよかった気がしている。

「木屋町《きやちょう》のパンケーキ屋さん、一緒に、行って！」

「うん、わかった。楽しみにしてるよ」

「ゆづの、旅館に、泊まりたいんやけど……！」

「うーん……交渉してみるけど、約束はできないかも……」

「噂の彼氏さん、紹介、して！」

「彼氏じゃないし⁉　しょ、紹介は、ちょっと……」

「じゃあ、プリ見せて！」

「プリクラは、ないかも……シロさ、いや、シロウさん。写真嫌いだから」

京は取り留めもなく、溜め込んでいたわがままを吐き出していく。それらを受け止めながら、九十九は「うんうん」と一つずつうなずいていった。

お客様が少なく、従業員に任せてしまってもいいような日でも、九十九は仕事をしていた。もう少し見極めて、プライベートに割いてもいいのかなぁと思いはじめる。周りは休んでもいいと言ってくれていたが、甘えるのはテスト期間中くらいだ。

なによりも、今……九十九はとても京と遊びたい。話したい。一緒にいたいと思っている。

「素直になりんしたね。誰か様のように、少しくらいわがままを申しても、いいのでありんすよ」

いつの間にか、渦目が二人のそばに腰を下ろしていた。

渦目は優しい三日月のように目を細めて、九十九に笑いかけてくれる。

渦目が京を選んだ理由とは――九十九のため？

京のくすぶっている思いを見抜き、吐露させてくれたのではないか。そして、九十九のあり方について問うてくれたのではないか。

そんな気がした。

九十九は天照と天宇受売命の問題を解決できるなどと、おこがましいことを考えていた。だが、逆だ。天宇受売命は九十九が見えていなかった問題を明らかにしてくれた。

普段、おもてなしをする側は九十九だが、仮にも彼女は神様だ。

土地や人に恵みを与え、見守る神の一柱なのだと思い知らされる。

天宇受売命は舞踊や芸能の女神だが、「おかめ」や「おたふく」とも呼ばれ親しまれている。そして、彼女は人々に幸福をもたらす「福の神」でもあった。

「ありがとうございます」

「なんにも。わっちは、手出ししておりんせん」

女神の笑顔はとても優しくて、眩しくて……温かかった。

♨　♨　♨

ちらり、ちらり。

雪が舞っている。

湯築屋の雪は結界の中に降る雪。触れても冷たくなく、儚く消えていく。白い庭を彩る寒椿の花が鮮やか。

寒々とした、されど、決して寒くはない。不思議な庭の風景を縁側で眺めているのは、結界の主にして湯築屋のオーナーである稲荷神白夜命《びゃくやのみこと》。

藤色の着流しに濃紫の羽織を肩にかけ、煙管をくわえている。細い紫煙が揺らめいて、空気に溶けて消えていった。

「シロ様、こんなところにいたんですか？」

幻想の雪で白く染まった庭に、シロの姿は美しく調和していた。

うっかりと見惚れてしまいそうになりながらも、九十九は口をへの字に曲げて仁王立ちする。

「こんなところとは……これから、雪見酒を愉しもうと思っておったところだ」

「サボってないで、手伝ってくださいっていう意味ですよ。天宇受売命様はお帰りになりましたけれど、七福神の皆様がお越しなんです」

「カレーでも出しておけばよかろう。連中の好物だろう？」

「……今、お父さんが寸胴で作ってるところです」

七福神は大黒天《だいこくてん》、毘沙門天《びしゃもんてん》、恵比寿天《えびすてん》、寿老人《じゅろうじん》、福禄寿《ふくろくじゅ》、弁財天《べんざいてん》、布袋尊《ほていそん》という七柱の総称である。

彼らはカレーライスと福神漬けが大好きなのだ。

福神漬けの名前の由来となったとも言われているせいか、妙に愛着があるらしい。毎回、団体で宿泊しては、福神漬けがたくさん盛られたカレーライスをありったけ食べて帰っていく。

「儂のカレーには、松山あげを入れておくよう料理長には言っておけ」

「シロ様も、本当に松山あげお好きですよね」

「……松山あげの入ったカレーうどんも好きだ」

「……はあ」

九十九は息をつく。

すると、シロはコンコンと指で自分の隣を指した。

隣に座れということだ。そんな暇はないのだが……少しだけ、つきあうことにした。

「素直に座るなど、珍しいではないか」

「少し心にゆとりを持つことにしたんです」

天宇受売命の宿泊で、九十九は自分には余裕がないことに気づいた。

京との関係もそうだが、もう少しだけ、日常にゆとりを持ってもいいのではないかと思うようになったのだ。

ダンスバトルのあと、京を湯築屋に宿泊させることはできなかった。やはり、只人である京を宿に招くことは、湯築屋の性質上はばかられるのだ。代わりに、従業員たちに許可をとって、九十九が京の家に泊まりにいった。

学校行事以外での外泊など初めての体験で、思ったよりも新鮮だった。

他人の家にお邪魔するのも、友達と同じ布団で寝るのも、夜遅くまで他愛もない会話やゲームをしたりするのも……初めてで、そして、楽しかった。

京のほうも、今まで見たことのない顔で笑っていた。彼女があんな顔をするなんて、どうして知らなかったのだろう。

「シロ様」

「なんだ？」

静かに、けれども、はっきりと。

「わたし……大学、行かないつもりだったんです。このまま旅館を継ぐことになるし、他にやりたいことも特にないし――でも、やっぱり、大学行ってみようと思うんです。もっと、いろいろなことを知っておきたいんです。わたし、たぶん、なにも知らなくて……」

九十九は高校二年生だ。

来年は受験の年となる。もう進路を決めなければならなかった。むしろ、遅いくらいだ。

「受験しようと思います。もちろん、市内の大学です……いい、ですか？」

戸惑いながら問うと、シロは不思議そうな表情で九十九を覗き込む。いつもながら、顔が近くて、ドキリとしてしまう。

「儂が九十九の希望を断ったことがあったか？」

そう言って、自然な動作で肩に手を回される。

予期せず密接して、九十九は声が裏返りそうになった。

「九十九の好きにするがいい。どうせ、決意は変わらぬのだろう？」

「ありがとうございます……！」

九十九はさり気なく、シロから身を剥がそうとする。だが、シロは腕に力を込めて、九十九を放してくれそうにない。

「シロ様、過剰なスキンシップはセクハラだって言ってますよね？」

「すまぬ。九十九に触っていると、落ち着くのだ。もう少しだけ、赦してはくれぬか？」

シロは当たり前のようにサラリと言いながら、両手で九十九の肩を捕まえてしまう。逃れることができなくて、九十九は身構えた。

放してはくれないが、本気で抵抗すれば抜け出せることができる。そんな力加減だ。

「いや、その……少しですからね」

着物の絹ごしに肌と肌の熱が伝わりあい、身体が温められていく。

結界の中が静かすぎるせいか、すぐそばに、シロの鼓動を感じた。

神様にも鼓動がある。身体のつくりは人と同じなのだと実感すると、じんわりと顔が熱を持ってきた。

「九十九の神気は温かいからな。冬の寒さには、ちょうどいい」

「別に結界の中なんだから、寒くないじゃないですか」

「雰囲気だ」

　腕の力が緩んだ隙を見て、九十九はサッとシロから離れる。シロは名残惜しいのか、面白くなさそうだった。

「九十九に触っていると、妙に安心するのだ。誰にも渡したくない」

「そ、それ、自分がなに言ってるか自覚して言ってます⁉　恥ずかしくないんですか⁉」

「なんの話をしているのだか……夫婦なのだから、当たり前ではないか？」

「自覚してるような、無自覚なような、妙なズレなんとかしてくれません？」

　わかっているのか、いないのか……恥ずかしいセリフをサラサラと。

　九十九は身体の奥から熱いものがわきあがるのを感じて、顔を両手で覆う。

　たぶん、自分は今、めちゃくちゃ怒っているのだ。きっと、そうだ。身体が熱いのは、腹が立っているからに違いない。

「それでは、お客様のところへ行って参ります！　シロ様も手伝ってくださいよ！」

「うむ。カレーに松山あげを入れてくれたか、確認しに行くとしよう」

「松山あげは、わたしが入れておきますから、確認しなくていいです！」

「伊予さつまには、入れ忘れたではないか」

「……あれは、ちょっとだけ申し訳ないと思ってます」

心に少しはゆとりを。

しかし、あまり変わらぬ日常。

「楽しみにしておる。忘れるなよ?」

「善処します」

若干の変化をしつつ、ゆったりと流れるこの日常が堪らなく愛おしい。

そんなことに気づくのは、たぶん、もう少しあとの話だろう。

華. 稲荷と狸の恋敵

1

桜散るちる。

一片《ひとひら》ひとひら、薄紅の雪のごとく。

桜の花弁が舞う季節が今年もやってきた。

風もないのに、黄昏《たそがれ》色の結界の空にひらひらと。庭にたたずむガス灯の光を吸って、その白さが際立っていた。

「いってきまーす！」

九十九が玄関を飛び出すと、うなじでポニーテールがピョンッと跳ねる。ピシッと折りのついた制服のプリーツが綺麗にひるがえった。

湯築屋の門を出ると、視界が一変して明るくなる。

春の麗らかで柔らかな陽射しに身体が包まれる。近くの寺社から飛んできた桜の花弁が、風に小さな渦を巻いていた。

坂を下って少し歩くと、道後のアーケード商店街まで辿り着く。商店はまだ営業をはじめていないが、朝から湯かごを持った観光客が歩いているのが見えた。

道後温泉本館や新設された飛鳥乃温泉《あすかのゆ》は朝六時から営業しており、昼間の混雑を避けて早朝に利用する観光客もいる。

観光客の多くは松山市の中心部や、道後の宿泊施設に泊まっている。宿泊プランの中に道後温泉本館の入浴券が含まれていることもあった。

現在、温泉街の目玉である道後温泉本館は老朽化が進んでいるため、改修工事に入っている。国の重要文化財である建物を長期的に保存していくには、必要な工事であった。

もちろん、工事は少しずつ行われるので浴場は閉鎖されておらず、入浴が可能だ。

飛鳥乃温泉や椿の湯《つばきのゆ》、各所の足湯等が充実しているため問題なく温泉街を観光することができる。また、この機に有名アニメーション作品とコラボしたイベントも開催されており、観光地としての進化は、まだまだ続いていた。

「やあ、稲荷の巫女……そうか、春休みというものが明けたのかね？」

駅へ向かって歩いていると、アーケード街の入り口で声をかけられる。

黒い猫がチョコンと座っていた。

道後に住み着く猫又のおタマ様だった。いつも、だいたい同じ場所にいる。

「おタマ様！　そうです。今日から学校なんですよ」

九十九はクリーニングしたばかりの制服を見せびらかすように両手を広げた。綺麗に洗って、プリーツをプレスしてもらうだけでも、気分が変わるものだ。

「この間、生まれたと思ったら、もう大人になっているのだから人間というのは忙《せわ》しいな」

「大人って。わたし、まだ高校生ですよ？」

「時代も変わったものだ。君ほどの年頃ならば、少し前は充分に大人と呼ばれていたがね。それに、君は半人前ながら稲荷の巫女を継いでいる。吾輩から見れば、十二分に立派な大人である」

おタマ様はクックッと笑って、顔を舐めている。

猫又であるおタマ様にとっても、時代の移り変わりは神様たちと同じような感覚なのだと思う。

「今日から三年生なんです。クラス分けは心配ですけど……」

「君なら、大丈夫だろうさ。誰とでも仲良くなれる」

「そうかな？」

「嗚呼、そうとも。稲荷神とも仲直りしたのだろう？」

おタマ様には以前、シロとの夫婦喧嘩を指摘されたことがあった。特に仲直りしたと報告した覚えはないが、きっとわかるのだろう。

「今日は見張りがいないようだが？」

おタマ様は周囲を見回したあとで、つまらなさそうに言った。見張りとは、シロの使い魔のことだ。

「今日から大事なお客様をお迎えするので、準備が忙しいと言っていました」

「ほう。では、気をつけておくのだな」

おタマ様から見ても、九十九が学校へ行くのは危ないのだろうか……きっと、神や妖の視点では、そうなのだ。

九十九は元気よくうなずいた。

「もう、電車の時間なので行きますね！」

「行ってくるといい、稲荷の妻。君は自分が思っているよりも、ずっと他者を惹きつける……新しい出会いに幸あらんことを、吾輩も願っているよ」

おタマ様はそう言いながら、大きなあくびをした。興味があるのか、ないのか。実に猫らしいと言えば、猫らしい仕草であった。

ちなみに、明治の文豪・夏目漱石《なつめそうせき》は松山に滞在していたことがある。

小説「坊っちゃん」が松山を舞台にしていることは多くの人に知られているが、実は「吾輩は猫である」の本当のモデルがおタマ様であることは知られていない。

「じゃあね、おタマ様！　また！」

小走りで路面電車の駅へ向かう。

道後温泉駅には、ちょうどマッチ箱のようなオレンジ色の電車が停車していた。

九十九が滑り込むように乗ると、木の床がコンコンと鳴る。発車時刻に間にあって、九十九はホッと胸をひとなでした。

窓の外を見ると、おタマ様が電車を見送るように前足を揃えて座っている。九十九がひかえめに手をふると、おタマ様は興味を失くしたように踵を返して去ってしまった。

人に興味があるようで、無関心。

猫は気まぐれだなぁと、九十九は思うのだった。

路面電車を降りて学校へと。

学校の前には掲示板が立っており、生徒たちがワラワラと集まっていた。毎年恒例のクラス替えの光景である。

九十九は大学へ進学すると決めたため、進学クラスへ振り分けられているはずだ。自分のクラスを確認するため、おずおずと掲示板の前まで移動した。

「えっと……」

湯築は、出席番号順で最後尾付近になりやすい。そのため、九十九は無意識のうちに自分の名前を下から探す癖がついていた。

「あった」

自分の名前を確認して、更に他のクラスメイトにも目を通す。これから一年間お世話になるのだ。やっぱり、きちんと確認しておきたい。

出席番号の一番上に、朝倉小夜子の名前を見つける。彼女も進学クラスに入ると聞いていたので、嬉しくなった。すぐ下に、麻生京の名前も見えた。また一年間、二人と同じクラスになれるのだ。

女子十四人、男子十六人のクラスである。

これからの一年、仲良くしたい。

「あ、ゆづ。遅いんよ！　一緒に教室行こうやぁ！」

新しい教室へ行こうかと方向転換していると、京が手をふっていた。

「今年も一緒、よろしくね！」

「おう。九十九がおらんと、うちボッチやもんね！」

「そんなことないでしょ。京、コミュ力あるし」

「寂しいって言いたいんよ。察して、恥ずかしいなぁ」

自称ボッチ宣言も、なかなかに恥ずかしい気がするけれど。

「そういや、うちのクラスは転校生がおるっぽいな」

「え、そうなの？」

京が得意げに掲示板を指さした。

見覚えのない名前はいなかったはずなんだけどなぁ……九十九はもう一度、掲示板を確かめた。

「あれ？」

女子十四人、男子十七人になっている。

さっき見たときは、男子十六人だった気がしたけど……気のせい？

「あの、ケイブって、転校生じゃないの？　見たことないよ」

「京、あれたぶん、ケイブ君じゃなくてオサカベ君だと思うよ？」

刑部将崇《おさかべまさたか》。

先ほどは見落としていた名前が掲示板に載っている。

苗字として「刑部」はギョウブとオサカベの二通りの読み方があるが、江口《えぐち》君と神田《かんだ》君の間に挟まれているので、オサカベと読むのだと九十九は推測した。

「名前って、読みにくいよね」

「それはそうだけど、京は元から漢字テスト苦手だもんね」

「いいんよ。赤点取らんかったら」

京らしい回答だ。

以前にも、天照大神《あまてらすおおみかみ》を「てんてるおおかみ」と読み間違えたことがある。あのときは面白くて、涙が出るくらい笑ってしまった。

「そっか、転校生かぁ」

「どんな子やろうね？」

九十九は新しいお客様を迎え入れるのとは、また違った気持ちで楽しみだと思うのだった。

そして、もちろん、新しい教室へ向かうのも新鮮な気分だ。

校舎はそのままなので、ピカピカではない。黒板は使い古されているし、ロッカーや床の板も黒ずんでいる。ネジが緩んだ机は、肘をつくとガタガタと揺れてしまう。

それでも、昨年度とは違う教室。違う机。違うクラスメイト。

「やっぱり、転校生おるみたいやね」

京が誰も座っていない席を指さしてニヤリとした。

みんな出席番号順に着席し、新しい担任を待っていたので、たった一つの空席が目立っている。

「京ちゃん、そろそろ先生来ちゃうよ」

席を立っていた京を、小夜子が連れ戻しにきた。

「わかっとるって。朝倉は真面目ちゃんだなぁ」

「みんな座ってるよ……」

京はブツブツと文句を言いながらも、自分の席へと戻っていった。

大学進学を希望するクラスだ。比較的、大人しい性分の生徒が多い。京のように、担任が来るギリギリまで席を立って雑談しようとする生徒はあまりいなかった。

ガラガラッと教室の扉が開いた。

「早く席について……おっと、このクラスは大人しいな。みんな席についとる」

扉から身体を滑り込ませたのは、新しい担任だった。

担当科目は日本史。九十九も授業を受けているので、知っている先生である。

去年の夏、「愛媛に残る平家伝説を取材しなさい」という宿題を出したこともあったっけ。あのときは、いろいろあったなぁ……と、九十九は今更、感慨深くなった。

先生のうしろについて歩いているのは——知らない生徒だ。

「気づいてる人も多いと思うが、このクラスには転校生がいるぞ」

刑部将崇。

先生が黒板に素早く名前を書いた。

真っ黒の学ランは、他のクラスメイトと同じで特徴はない。男子の標準的な制服であった。

背はあまり高くなく、一六〇センチから一六五センチ程度。天然なのか、少し赤みがかった黒髪は緩く波打っていた。クリッと目が丸くて、小動物のような人懐っこい愛らしさがある。

「刑部将崇です。よ、よろしくおねがいしますっ！」

転校生の声は緊張して、少し上ずっていた。

慌ててお辞儀をする仕草が、湯築屋で働いているコマを思い出させる。九十九には微笑ましく感じられた。

「転校してきたばかりで、慣れないことも多いですが、がんばります！」

人懐っこく笑う将崇に、クラスメイトは誰も疑念を抱いていないようだが、

「え？」

今、自分が見た光景に、九十九は目を二度瞬《しばた》いた。

そして、九十九は一人、席へと歩いていく将崇の姿を注意深く観察する。

先ほど……将崇の背に、普通の人間にはついていないものが見えた気がした。だが、席に座る将崇の背後に、ソレを確認することはできない。

気のせいだったのかな？

九十九は気になって、刑部の背中から視線を外すことができなかった。

「それじゃあ、クラス全員で一言ずつあいさつだ！」

などと新しい担任が言い出したので、九十九は慌てて一言自己紹介の内容を考えなくてはならなかった。

　オリエンテーションも終了し、始業式のために体育館へ。

　出席番号順での移動だが、なにせ全校生徒が一斉に動くわけだ。廊下や階段は混雑しており、なかなか体育館には辿り着けなかった。それをいいことに、多くの生徒が雑談に興じている。

「………………」

　列の流れが停滞する廊下で、九十九はずっと黙ったまま一点を見ていた。

　転校生、刑部将崇。

　自己紹介のときに見えたものは、幻だったのだろうか。

「ゆづ、転校生ばっか見て、どしたんよ？」

　どさくさに紛れて、京が九十九のそばまで近づいていた。出席番号順のうしろまで来るとは、なかなかに大胆である。

　それでも、九十九が転校生を凝視してしまっていたのは事実だ。

「ううん……なんでもないよ」

「さては、好みの顔だったか？　ああいう、ベビーフェイスが好きなん？」

「そういうのじゃないよ」

「居候彼氏は、もういいの？　喧嘩した？」

「し、してない！」

なんの話をするかと思えば。

九十九は全力で否定するが、京は納得してくれそうにない。ニンマリと意地悪な笑みを浮かべて、九十九を肘で突いてくる。

「京はすぐに、そういうこと言って」

「恋バナは女子の花よ」

「はあ……」

恋愛経験のない九十九には、面白さがイマイチ理解できない。少女漫画を読むのは好きだけど、あれはあれ、これはこれ。別世界の話だ。

決して、いつも客室でゴロゴロとテレビを見ながら松山あげを食べている稲荷神のことなど思い浮かべてなどいない。

「もう、京ってば……」

九十九はふるふると首を横にふって、もう一度だけ、転校生のほうを確認した。

やっぱり、見間違いかなぁ……？

先ほど見えたと思った──茶色い尻尾は、やはりなかった。

2

湯築屋の庭はいつも薄ぼんやりとしている。

けれども、不思議と暗いと感じたことはなかった。

風もないのに、くるくると回る花弁は地面に落ちると、すっと塵のように消えていく。池に浮かぶ花筏と違い、地面の桜は消えてなくなるようになっていた。

もっとも、地面や道路に落ちる桜の花弁も、九十九は結構好きである。雨が降ったり、時間が経ったりすると、ゴミとして扱われ、道の隅に溜まっている様を見るのは少し寂しい。

「ただいまー」

学校帰りの九十九に、子狐のコマがトトトッと廊下を鳴らして駆ける。

本人にそのつもりは一切ないと思うのだが、歩幅が小さいせいか、いつも走っているように見えてしまう。

「若女将っ。そろそろ、ご予約のお客様がお見えになります。ご準備をっ！」

飛び込みの多い湯築屋では珍しい予約客だった。

予約客の場合は、定刻通りにご来店するお客様がほとんどだ。湯築屋の面々で、揃ってお出迎えするのが常である。

「今日のお客様は特別ですからね」

ニッコリとした笑顔の男性。洗いざらしの白いワイシャツに、臙脂《えんじ》のネクタイがよく映えている。紺色のハッピには、白い文字で「湯築屋」と書かれていた。

湯築屋の番頭・坂上八雲《さかがみやくも》である。湯築屋で働く数少ない従業員の一人で、勤続二十年のベテラン。接客だけでなく、経理など裏方の仕事も引き受けてくれている。

「それ、シロ様にもサラッと言われたんですけど、よく知らなくて……」

「私も伝え聞いているだけですから……結界を補強する儀式を行うために、シロ様がお招きするお客様のようですよ」

九十九も、湯築屋を囲っている結界の補強をする儀式を行うとだけ聞いている。

湯築屋の結界はシロの神気で管理し、制御している。結界の中では、どのような神も力を制限される絶対不可侵の領域だ。

結界の中ではシロに勝る存在などいない。

強すぎる結界故に、半世紀に一度くらいは綻びが生じないよう、メンテナンスをする必要がある。

と、九十九が聞いている内容も、八雲が知っていることも、似たようなものだった。

「まあ……わたしたちができることと言えば、いつも通り、お客様に満足してもらえる接客をすることだけです。シロ様のお客様なら、尚のことがんばりましょう」

九十九の言葉に、八雲は優しく微笑を返してくれる。

「はいっ！」

コマも九十九の足元でうなずいた。

「じゃあ、急いでお着替えしなきゃ」

学校から帰ったばかりだった九十九は、コマに手伝ってもらいながら着物に袖を通す。

本日は清楚な水色の着物である。派手過ぎない手毬の柄と、引き締めるような黄色の帯がいい塩梅で調和していた。赤い毬のかんざしが、黒髪を華やかに彩ってくれる。

営業中で海外へ行っている女将の代わりに、湯築屋を任されるのは若女将の九十九だ。

仕事着に身を包むと、自然と気持ちもシャキッとする。

「さて」

シャン、シャン。と、鈴の音が響く。

門が開き、お客様が結界に入ったことを知らせる音だ。

この音で、湯築屋の面々はお客様の来店を知ることとなる。

これはアルバイトで働く小夜子の提案で採用されたものだ。

今までの湯築屋にはなかった新しい発想であった。本人は謙遜するが、小夜子は本当に思いやりがあってお客様のことをよく考えてくれる。

玄関に並び、従業員一同で、お客様を出迎える。

「いらっしゃいませ、お客様」

お客様の姿を確認して、九十九たちは頭を下げる。

しかし、お客様の姿を二度見するように、九十九はすぐに頭をあげてしまった。

「え？」

二度瞬きして、確認。

玄関に立つお客様の頭に載っていたのは、白い狐の耳であった。背後では、モフリと大きな尻尾が揺れている。

絹束のような白く美しい髪は緩く三つ編みにされ、肩から垂れ下がっていた。神秘的な琥珀《こはく》色の瞳と視線があうと、九十九は言葉を忘れて呆然としてしまう。

お客様は――とてもシロに似ていた。

「いらっしゃいませ、宇迦之御魂神《うかのみたまのかみ》様。湯築屋へ、ようこそっ！」

黙ってしまった九十九の代わりに、コマがチョコンとお辞儀をする。

「お久しぶりね、コマ。そちらは、新しい湯築の巫女なのかしら？」

宇迦之御魂神は建速須佐之男命《たけはやすさのおのみこと》と神大市比売《かむおおいちひめ》との子だ。兄には、お正月の神様として有名な大年神《おおとしのかみ》がいる。

名の「ウカ」は穀物のことを表しており、稲や食物全般の神とされていた。全国でも広い地域で分布している稲荷神社の総元締めである京都の伏見稲荷大社《ふしみいなりたいしゃ》の主祭神として祀られている。

つまり、一番有名なお稲荷さんなのだ。

多くの稲荷神社は、彼女のことを祀っている。

狐は彼女の使徒と言われ、神聖な生き物として古来より扱われてきた。

シロと容姿が似ているのも、きっとそのせいだと、九十九は客観的に理解する。

「はい。わたしが湯築家の巫女、そして、この湯築屋の若女将、湯築九十九と申します。よろしくおねがいします」

「初めまして、若女将。なかなか泊まりにこられなくて、申し訳なかったわね。ねえ、白夜は元気にしているかしら？　私がいなくて、寂しがっている頃合いだと思うのだけど？」

シロは様々な呼ばれ方をしている。

稲荷神白夜命、稲荷神、白夜命、シロ様……しかし、彼を「白夜」と呼び捨てる者を九十九は初めて見た。

同じ稲荷神だから？　それにしたって、神に対する態度とは思えない。日本神話の太陽神たる天照大神だって、血縁でもないシロを白夜などと呼んだりはしない。

九十九は少々面白くなくて、唇を曲げそうになる。しかし、駄目だ。宇迦之御魂神は神様であり、お客様である。

すぐに気にせぬふりをして、笑顔を作り直した。

「稲荷神白夜命様に用件でしたら、あとでお部屋に伺うようお伝えします」

九十九はわざと、稲荷神白夜命などとシロのことを呼んでみた。

「あら、そう？　いつもは、白夜が案内してくれるのだけど」

宇迦之御魂神は当然のように言い、シロを探して辺りをキョロキョロと見回しはじめる。

その様が、なんとも無遠慮に感じられてしまった。

「……探さずとも、此処におる」

すぐ隣で声がした。

やはりと言うべきか。シロは九十九の横から、いつものようにヌッと浮き出るように現れた。

けれども、いつもと違う。

普段は、藤色の着流しと、濃紫の羽織を着ている。

しかし、現れたシロは真っ白な袍《ほう》に身を包んだ束帯《そくたい》の姿であった。まるで、平安時代の貴族のような装いに、九十九は一瞬、誰なのかわからなかった。

明らかに、いつもと違う。

九十九が初めて見るシロの正装であった。

「シロ、様？」

「客人は儂が案内《あない》する。お前たちは、それぞれの仕事に戻れ」

シロはそう言って、お客様である宇迦之御魂神のほうへ向き直った。

「あら、白夜。今日も素敵ね。お久しぶり、寂しくなかった？」

「寂しいはずがあるまいよ……せめて、準備がいいと言ってほしいものだ」

「強がっても、私にはわかるのだわ。相変わらずの色男」

「儂が色男《イケメン》なのはうん千年前から変わらぬし」

そんな会話をしながら、宇迦之御魂神は当然のようにシロの腕に飛びついた。九十九は追いやられるように、シロから数歩離れてしまう。

宇迦之御魂神とは初めて会う九十九と違って、シロは慣れた様子であった。

何故だか、チクリと胸の奥に針のようなものが刺さった気がして、むず痒い。どう表現すればいいのかわからないが、少しだけ……ムッとしてしまう。

「ねえ、白夜。今回はあれが食べたいのだわ。お刺身の鯛めし」

「わかった。料理長に伝えよう」

「あと、露天風呂で月を眺めながら冷酒を飲みたいのだわ」

「結界に月はないが、よい酒を選んでおいた。松山あげもある」

「松山あげ！　私、あれ大好きなの！」

親しげに話しながら、シロと宇迦之御魂神は部屋へと歩いていく。

「九十九ちゃん、大丈夫？」

小夜子にそう言われて、九十九は初めて自分が二人の姿を凝視しているのだと気がついた。いや、睨みつけていたと言ってもいい。

今回のお客様、宇迦之御魂神は湯築屋にとって特別だ。結界を補強する儀式を行うために必要なお客様。シロが特別に招く大切な神様。そう聞かされている。

聞かされているが……何故だか、もやもやが晴れない。どうしてもやもやしているのかも、九十九にはわからなかった。

よくわからないが、面白くはない。

そう感じてしまうことも、九十九には面白くなかった。

3

昼休み、お弁当を広げながら。

「ゆづ、表情が死んどるよ？」

「そう？」

「うん。ぶっすーってしてる」

「ぶっすー？」

「不細工やったよ」

「うるさい」

自分では、まったく気がつかなかった。

九十九は表情を改めようと、頬を両手でパチンと叩いてみた。まるで、スポーツ選手の気合入れである。

「なんかあったん？」

「別に……」

「彼氏に浮気されたか」

「う、浮気なんて……その前に、彼氏じゃないし！」

彼氏ではなく、夫である。とは、なかなか言い難いが、一応は否定しておく。

……頭の中をチラチラと過《よぎ》る顔と声。

シロの腕に擦り寄る宇迦之御魂神。

部屋に案内されたあとは、ずっとシロと一緒にいたようだ。九十九が夕食の膳を持っていくと、仲良く二人で松山あげを食べながらお酒を飲んでいた。

結界を補強するために来たお客様だと聞いていたが、随分と楽しそうであった。

でも、シロがお客様とお酒を飲んでいるのは、いつものことだ。

だから、なにも思うことなどなかった。

なにも。なにも、なかった！

「やっぱり、ゆづ怖いよ？」

「なにも思ってなんか、いませんから！」

唐突に声を荒げた九十九に、京がびっくりしてお弁当の箸を落としてしまう。小夜子も、

「つ、九十九ちゃん……」と怯えた声をあげている。

「もう、ゆづが急に大きい声出すから、箸落とした……ちょっと洗ってこうわい」

「ごめん」

京は呆れた表情で箸を拾って立ちあがる。廊下の蛇口まで歩いていく京の背を目で追いながら、九十九は自分の行為を反省した。

「大丈夫？　九十九ちゃん……」

「そんなに大丈夫そうに見えてない、かなぁ？」

「うん……」

自分はどうしてしまったのだろう。

九十九は息をつくが、解決策など思いつかなかった。

「シロ様のこと、そんなに怒ってるの？」

「え？　シロ様を？　なんで？　わたし怒ってないよ？」

「……九十九ちゃん、怒ってるよ？」

無自覚のうちに、九十九はぶっきらぼうに言い放っていた。

本当にどうしたものか。

「シロ様と直接話してみたら？」

「なんで！」

「ほら、また……とにかく、話してみたほうがいいと思うよ」

九十九がシロのことを怒っているなどと……珍しく正装していたり、特定のお客様とべッタリ仲良くしていたり……別に怒ってなんか、いない。

たしかに、シロは九十九の夫だ。でも、湯築の巫女にとって、シロとの結婚は契約。つまり、シロと九十九はビジネスライクな夫婦関係なのだ。

だから、シロが他の者と仲良くしていたって関係ない。九十九が口を出す領分ではなかった。

九十九は口をへの字に曲げながら、腕組みをした。小夜子が額に手を当てて、「九十九ちゃん……」と項垂《うなだ》れている。

「湯築さん」

無意識にふんぞり返ってしまっていると、うしろから声をかけられた。

人懐っこい高めの男声。真っ黒の学ランをまとっているが、男子にしてはやや小柄。赤っぽい黒髪の下で笑う顔が愛くるしい小動物のようだ。

刑部将崇。

この春から同じクラスになった転校生だった。

「消しゴム、落としてましたよ。これ、湯築さんのでしょう?」

将崇は人好きのする笑みで、九十九の前に掌を出してみせた。

そこには、愛媛のご当地キャラ、タルトマンの消しゴムがあった。松山銘菓のタルトを模したゆるキャラで、九十九のお気に入りであった。「の」の字になったタルトの断面に、身体が生えた姿が非常にシュールで可愛い。癒される。

ちなみに、タルトとは、苺などが載ったケーキではない。カステラ生地に餡子が包まれたロールケーキのことをタルトと呼ぶのだ。どちらも「タルト」と呼ぶが、愛媛県民はそれらを明確に区別している。

「ありがとう、将崇君」

九十九は何気なく言って、将崇から消しゴムを受けとった。

将崇は本当に嬉しそうな表情で「いえいえ!」と頭を掻く。なんとも愛嬌があって、ついつい九十九の表情もつられてしまった。

彼には人を和ませる能力があるのかもしれない。

擬音で表すなら、「ほわ〜ん」だ。

第一印象でも思ったが、湯築屋で仲居をしている子狐のコマに近いものを感じる。コマのほうが慌ただしくて、落ち着きがないけれど。

「ぼく、まだ引っ越してきたばかりで友達いなくて……よかったら、仲良くしてくださいね！」

「こちらこそ。あと、敬語なんて使わなくていいよ」

「本当？　ありがとう！　女の子には優しくしなさいって、爺様《じじさま》に言われていたからね」

将崇はクルリと笑って、両手で九十九に握手した。

唐突に手を握られて九十九は驚いてしまったが、将崇の仕草が可愛くて許してしまう。シロと違って下心を感じない純粋な子なのだと思った。おじいさんの言葉を守って女の子に敬語を使うところも、実に微笑ましい。

クラスメイトというよりも、後輩や弟という感覚のほうが近かった。頭をワシャワシャとなでたい衝動に駆られるが、流石にそれは失礼だ。やめておこう。

「あ、ゆづ。浮気しよる！」

廊下の水道から帰ってきた京が指をさしながら叫んだ。

深い意味はない。ふざけているだけだとわかっているが、九十九は思わず顔を赤くして椅子から立ちあがってしまう。

「浮気って……将崇君に失礼だよ！　それに、アレは彼氏じゃないってば！」

言ったあとに、九十九はとっさに教室の窓をふり返ってしまう。

しかし、シロの使い魔らしい動物の姿は見えなかった。

あ、そっか。

今は結界の補強をしているから、使い魔を出さないんだった……と、思い出す。補強のための儀式は九十九が学校へ通う日中の間に行われると聞いていた。

使い魔で見張るなど、ストーカーだと思っていたが、いなければいないで少し寂しい気もする。

「でも、ぼくは湯築さんと仲良くなれたら嬉しいなぁ！」

九十九の気など知らず、将崇が無邪気に言った。

その表情があまりに無垢すぎて、些事などどうでもよくなってしまう。

「湯築さん、これからよろしくね！」

将崇は手をふって歩いていく。

つい、九十九も手をふり返してしまう。

「ねえねえ、湯築さんよぉ。どういうことなのか、ご説明いただけますかねぇ？」

二人のやり取りを見て食いついたのが京だった。

ボーイッシュな顔に意地悪な表情をたっぷり浮かべて、京は九十九に迫る。

「せ、説明って言われたって……消しゴム拾ってもらっただけよ」

九十九はそう言って、将崇から受け取った消しゴムを見せる。京は疑わしそうにジト目でこちらを見ているが、無視だ。相手をすると、いろいろ面倒である。

しかし、将崇には和まされた。いつの間にか、胸のムカムカも軽減している。

「あれ？」

消しゴムをペンケースに仕舞おうとして、違和感。

九十九はペンケースの中に入っていた消しゴムをつまみあげる。

掌には、まったく同じタルトマンの消しゴムが二つ、コロンと並んだ。

「これって？」

同じものが、二つ。

将崇から受け取ったタルトマンは、顔も減り方も、九十九のペンケースに入っているものと寸分違わず同じであった。

ペンケースの中にあったということは、九十九は消しゴムを落としてなどいなかったということだ。

では、これはいったい？

「偶然の一致？」

九十九は手の中で消しゴムを転がしながら、首を傾げる。

それにしては、似すぎている気がするけれど……タルトマンの消しゴムなんて、クラスで持っている子を見たことがない。

不可思議な出来事に疑問を覚えているうちに、この日の授業は終わっていた。

学校からの帰り道も、ずっと同じことが引っかかる。

駅で電車を待っている間も、ずっと。

「あ、湯築さーん！」

路面電車の車両が駅に着いたところで、元気のいい声が聞こえた。

手をふりながらこちらへ走ってくる将崇の姿。ニカッと歯を見せる様が人懐っこくて、愛くるしい。走り方も、どことなく「ぴょこぴょこ」している気がした。

「湯築さん！」

将崇は九十九の隣でピョコッと両足を揃える。

「将崇君は、この辺り？」

「うん。引っ越したばかりで、まだ慣れてないんだ。よかったら、いいお店とか紹介してよ」

将崇は屈託なく笑う。裏表がなく、とても人がよさそうだ。

九十九は気にかけていた消しゴムをポケットの中に隠し、鞄を持ち直した。

時計を確認すると、まだ少し余裕がありそうだ。

「いいよ。なにかご希望はある？」

「え。いいの？　じゃあ……ぼく、パンケーキっていうのが食べてみたい！」

今日は小夜子のアルバイトが休みで、京も委員会で遅くなるようだ。

九十九と将崇、二人きり。

これは、いわゆる——。

少しだけ、シロの顔が浮かんだ。

「じゃあ、ちょっと足を伸ばして美味しいパンケーキのお店行こうか」

「やったー！　ありがとう、湯築さん！」

将崇は男の子とは思えないガッツポーズで飛びあがって、はしゃいでいる。本当に嬉しそうだ。九十九は自然と自分の唇が弧を描いていることに気がついた。

「将崇君、男の子なのにパンケーキなんて珍しいね」

「そう？　ぼく、甘いもの大好きで。爺様が買ってくる労研饅頭《ろうけんまんとう》がいつも楽しみだったんだよね。だから、こっち来たらいろんなお菓子が食べたくって！」

「労研饅頭、美味しいよね」

「うん！　爺様がくれるお菓子で、一番好きかな」

労研饅頭は小麦粉と酵母、少量の砂糖で作られる蒸しパンのような饅頭だ。

ほっこりとした食感と素朴な甘みが特徴で、松山市民に人気の昔ながらのお菓子である。

元々は岡山《おかやま》県で誕生したお菓子だが、今では松山にのみ酵母を受け継ぐ店舗が残っているという。

「将崇君はおじいさんのことが好きなんだね」

「うん！　爺様はすごいんだよ！」

おじいさんの話をはじめると、将崇はパァァッと表情を明るくする。

「昔の爺様は、この辺りの有名人で、とっても強かったんだ」

「有名人？　議員さんとか？」

「そんなんじゃないよ！　……うーん、でも、そんな感じなのかな？　説明が難しい……ともかく、爺様はぼくらの誇りさ！」

将崇はおじいさんがどれだけすごいかを、拳を握って説明するけれど、九十九に上手く伝わっていないと気づいたのだろう。仕舞いには、腕を組んでウンウン唸ってしまった。

そんなやりとりをしているうちに、パンケーキのお店へ着く。

店先に出ている赤いベンチが目印の小さなお店だ。ベンチには大きなぬいぐるみが座っており、とても存在感がある。

男の子を連れていくには、可愛すぎるお店だったかもしれないけれど、大丈夫だろうか？

「わぁっ！　これがパンケーキのお店！」

九十九の心配は杞憂《きゆう》に終わる。

将崇は目をキラキラと輝かせ、感動の表情を見せていた。

今でこそ、松山市でも珍しくなくなってしまったが、九十九が初めてパンケーキのお店に来たときも、こんな風に感動した気がする。東京などでブームになったお店は、少し遅れて地方に進出してくるため、憧れのようなものがあったのだ。

あれ？

そういえば、将崇はどこから転校してきたと言っていただろうか……？

「湯築さん。ぼく、苺のパンケーキがいい！」

「わたしもそれにする」

ちょうど、お店の席が空いていてよかった。運が悪いと二時間は待つことになる。

「パンケーキ♪　パンケーキ♪」

「そんなに楽しみだったんだ……」

「うんっ。里では、お洒落なお店なんてなかったから！」

「里って……そういえば、将崇君ってどこの高校から転校してきたんだっけ？」

「ねえ、湯築さん。スムージーも頼もうよ」

「あ、うん……ここは、スムージーも美味しいよ」

「ほんと？」

今、話を逸らされた？

九十九の疑念など余所に、将崇は無邪気にパンケーキとスムージーを注文していた。

そっとポケットに手を突っ込むと、将崇が拾ってくれた消しゴムがある。コロンとした感触を指で確かめながら、九十九はレモン味のお冷に口をつけた。

「すごいっ！　湯築さん、パンケーキってすごい！」

運ばれてきたパンケーキを見て、将崇が興奮していた。

大きめの皿に、ふわふわと厚みのあるパンケーキが三枚並んでいる。そこにバニラアイスとホイップクリームが添えられ、南国を思わせる生花で飾りつけられていた。たっぷりの苺ソースと、生の苺がちりばめられており、見た目から食欲をそそる。

「んぅー。ぼく、こんなに美味しいものは初めて食べるぅ」

将崇が目をキラキラ輝かせながら、パンケーキをパクパクと口へ運んでいる。

パンケーキはフォークで突くだけでプルンと揺れるほど、ふわふわで軟らかい。口の中だと、その軟らかさは顕著で、ほろりとスフレのように溶けていく。そうかと思えば、遅れてもっちりとした食感を口の中に残した。食感の二段構えに魅了され、三枚とも飽きずにペロリと食べてしまう。

京や小夜子とも時々行く九十九のお気に入りである。この食感は、低温でじっくりと焼きあげるからこそ実現するのだ。

「なんか、女の子と二人でパンケーキなんてデートみたいだね」

「ぐ、ふぅっ！」

九十九が考えないようにしていたことを、将崇がアッサリと言ってしまう。ゲホゲホと噎《む》せる九十九を見て、将崇が不思議そうに首を傾げた。

「もしかして、湯築さん彼氏いるの？」

「い、いないよ!?　いないからね!?」

彼氏ではなく、夫ならいるけれど。

しかしながら、これをデートと呼んでしまうと……九十九は複雑な気分だった。

将崇と一緒にいるのは楽しい。弟のように、とても可愛らしいし、気分が和む。

そう、癒されるのだ。

シロとは違う。

違うのだ。

思えば、シロ以外の男性と仲良くなったことなど、あまりない。

恋をしたことだって、ない。

「え？　いないの？」

将崇の口角がニッとつりあがった。

「じゃあ、湯築さん。ぼくと、おつきあいしてよ？」

そう言った将崇の顔は本当に無邪気で、子供のように屈託がなかった。パンケーキが食べたいと言ったときの顔と同じである。

あまりにサラリとしていて、九十九は自分がなにを言われたのかわからなかった。

「え……え？」

聞き返すと将崇はニッコリと目を細める。

「彼氏いないんでしょ？　ぼく、湯築さんのこと気に入ったし、おつきあいしてよ」

「え……えっと、それって、つまり……？」

「恋人にしてください」

「え、ええ……ス、ストレート……」

なにかの勘違いではないかと思って確認すると、直球の返事。九十九は物理的なダメージなど一切受けていないのに、身体が仰け反りそうになった。

え、え、え⁉　なにこれ⁉　なにこれ！

一拍置いて、パニック。

経験したことのない状況に、九十九は完全に混乱していた。

「湯築さん、可愛いし」

「…………⁉」

シロや旅館に来るお客様から、九十九の容姿を褒められることは多い。しかし、それは彼らの感覚が人間とは違うからだ。

九十九に宿る神気や湯築の巫女ということを総合しての褒め言葉である。九十九自身は一般的で、平凡な容姿の女子高生であると自覚しており、可愛いなどと言われるはずがない。

可愛い、はずが……可愛い……可愛いって、なに⁉

甘い言葉なら、夫であるシロから日常的に向けられているはずなのに……こんなに恥ずかしくて、心がむず痒いのは初めてだ。シロに言われるソレとは、まったく違う。

九十九は頬を両手で覆った。

「将崇君、冗談は……」

「冗談じゃないよ」

九十九の言葉を遮って将崇は言い切る。

そして、おもむろに九十九の手をとった。あまりに自然だったので、九十九は流されるままに力を抜いてしまう。

「冗談じゃない」

言いながら、将崇は真剣な顔で九十九の手を両手でギュッと握りしめる。丸い両目が愛くるしく九十九を覗き込んでおり、どうにも逸らせない。

九十九は声も出せず、そのまま身体を硬直させてしまった。

は、恥ずかしい……！

「ま、将崇君……そ、その。で、でもね、わたしたち、会ったばかりだし？　こ、こういうのは、そ、その、もっとじっくり考えたほうが……」

「返事は急がないから、ゆっくり考えてね」

「う、うん。って、そうじゃなくってね。遊びはよくないというか……」

「ぼくは真剣だよ」

「う、うう……」

言葉の一つひとつがストレートに九十九へ届く。

九十九は言葉を重ねられるごとに、身体を小さく丸めていった。

彼氏はいない。

でも、夫はいるんです。

そう伝えるべきだと、この段になって思い至った。けれども、何故だか言い出すことができない。

高校生なのに、もう夫がいることを伝えるのが難しい。そういうわけではない。単純に、言葉が詰まってしまったのだ。

きっと、九十九が他の人に恋をしてもシロは許してくれる。

そんな甘い確信が脳裏を過る瞬間があった。少なくとも、以前に考えたことならあった。

シロは九十九のわがままを受け入れてくれる。

いつだってそうだ。

それに――。

宇迦之御魂神と仲良く過ごすシロの姿が浮かんで、九十九は掌をキュッと握りしめた。

窓からお店の外を確認するが、こちらを見ている使い魔らしき動物は確認できない。

その瞬間、とても心が寂しくて、締めつけられる。

どうしてか、とても残念な気持ちになった。

何故、残念などと思うのだろう。

「将崇君……今じゃなくても、いいかな?」

「いいよ、待ってる」

これは浮気なのだろうか。

だとすれば、罪悪感とか背徳感とか、そのような気持ちがわくはずだ。

なのに、残念だなんて……自分で自分の気持ちに混乱していた。

まるで、シロに邪魔をされたかったみたい――今は使い魔がいないため、邪魔などされるはずもないのに。

「そろそろ、家に帰らないと……旅館のバイトがあるから」

「そっか。引き留めてごめんね! バイトがんばって!」

将崇は屈託なく言いながら、店員にお会計を告げる。九十九も財布を出すが、将崇が先にお札を二枚、会計皿に置いてしまった。

「このくらい払うよ……」

「爺様がレディーファーストは大事だって言うから」

将崇は自然な動作で片目をつむってウインクした。天照が見ているDVD並みには、様になっている。

九十九は思わず口を半開きにし、ぽわっとした表情で魅入ってしまう。

「じゃあ、帰ろうか」

小動物のような愛嬌があるかと思えば、ナチュラルにエスコートする場面もある。裏表はなさそうだと思っていたが、時々、別の顔を見せられると驚かされてしまう。

「あ、あれ？」

しかし、お店を出てしばらく歩いたところで、九十九は自分のスマートフォンがないことに気がついた。

きっと、忘れてきてしまったのだ。

「ごめん、将崇君。先に帰ってて……お店にスマホ忘れてきちゃったみたい」

「え？」

「また明日、学校で！」

「あ、湯築さん……！」

九十九は強引に言い残して、来た道を走って戻る。

別に、一緒にお店までスマホを取りに帰ってもいいのだけど……早く一人になりたい気持ちもあった。

誰かにおつきあいを申し込まれたことなんて、なかった。

思い出すと恥ずかしい。

男の子に恋をするって、どんな気持ちなんだろう？

九十九は首を必死に横にふった。

自分は稲荷神白夜命の巫女であり、妻だ。

九十九に甘いシロは許してくれるかもしれないが……許してくれるのかな？　そして、自分はシロに許されたいのか——そこまで考えて、九十九は自分がなにを望んでいるのか、いよいよわからなくなってしまった。

勢いで返事を保留にしてしまったけれど……九十九は、どうしたいのだろう？

自分では、わからなかった。

「すみません、さっきスマホを忘れてしまって……」

九十九は戻ったお店の扉をひかえめに開ける。

だが、そこには困った表情の店員の顔があった。

「なにかあったんですか？」

「ああ、お客様……」

お店のレジが開いていた。

けれども、店員が持っているのは、お札ではない。

「葉っぱ？」

何故かレジに二枚だけ紛れ込んだ大きめの葉っぱを見て、九十九も目を瞬いてしまった。

「今、レジを見たら、こんなものが入っていまして……どうしてかしら？　さっきは、なかったのに……」

店員が不思議そうにレジと葉っぱを見比べている。サイズ的にはお札に見えなくもないが、これを代金としてレジに入れることはあり得ない。

おかしい。

九十九は事態の異様さに首を傾げるだけにもいかなかった。


パンケーキのお店から預かった葉っぱを指でくるくる回すと小さな風が起きた。

まるで、お客様——神様たちが使う神気の起こした現象である。

しかも、葉っぱとなれば——。

こういうとき、どうすればいいのかな。

九十九が一人で処理できる案件だとは思えなかった。

すぐにシロに相談することを考える。

やはり、シロは神様だ。不可思議なことに対しては、それなりの知識を持っており、助力もしてくれる。九十九はいつも、そうやって助けられてきた。

「ただいまー」

湯築屋へ帰ると、いつもの光景。

ガス灯の淡い光に照らされた庭を、アゲハ蝶がひらりひらりと舞うように飛んでいた。とても幻想的で神秘的。シロの結界に映し出される幻は、いつだって美しかった。

「おかえりなさいませ、若女将っ」

従業員用の勝手口から建物の中へ入ると、コマがチョンと顔を出してお辞儀をしてくれた。

頭を下げると同時にモフリとした尻尾が揺れる。

「ただいま、コマ。お客様のご様子はどう？」

「はいっ！　天照様はＤＶＤの鑑賞をされるのでご夕食は要らないそうです。あとは、ご新規のお客様で河童のご夫婦がお越しになっています」

「わかりました……シロ様は、どちらにいらっしゃるかわかる？」

いつもなら、シロは九十九が帰宅すると、そばに突然現れる。

だが、最近は――宇迦之御魂神が滞在している間は、お忙しいようなので、こちらから探そうと思う。

「白夜命様は、たぶん、お客様のお部屋にいらっしゃると思います」

「五光の間？」

「そうです」

九十九は息をついた。

五光の間は湯築屋でも一番上等な客室だ。部屋が広いだけではなく、近代的な意匠の洋家具を備えており、明治大正のレトロな雰囲気を楽しめる。部屋に露天風呂があり、湯築屋の庭を見ながら入浴できた。

いわゆる、ＶＩＰルームだ。

そして、現在の宿泊客は――。

「若女将、大丈夫ですか？」

「え？」

「お顔が暗かったので……」

そんなに暗い顔をしていたのか。無自覚を指摘されて、九十九は急いで笑顔を取り繕った。

「ごめん、コマ……すぐに支度するね」

「あの……若女将……誤解なさらないでください。その……ウチからは、ちょっと言い難いんですけど……あの方は白夜命にとって、大切で……」

九十九の作り笑いなど見破って、コマはモジモジと臙脂色の着物の裾を両手で弄った。シロと宇迦之御魂神のことを言いたいのだろう。

「なんのこと？」

一言、九十九は返した。

コマはそれ以上、なにも言えなくなり、困ったように尻尾と耳を下げてしまう。

誤解って、なんのこと？　九十九は笑顔を張りつけながら知らんぷりをする。

胸の中がもやもやして、気を抜けば黒くて重いもので満ちていく。息苦しくて、時々、呼吸が止まりそうだった。

でも、そんなものは気のせいだ。

だって、こんなのって。

こういうのって、もっと——。

「ねえ、白夜！　この松山あげ、とっても美味しいのだわ！　炙っただけなのに！」

五光の間まで行くと、楽しげな声が聞こえてきた。

お客様である宇迦之御魂神だと、すぐにわかる。随分と楽しそうに声を弾ませていた。

九十九は思わず足を止めて、息を殺す。

「やっぱり、此処へ来ると美味しいものがたくさん食べられていいのだわー。温泉も気持ちがいいし、最高よ。この前はなかったサウナというものもよかったわ。暑いけど、気持ちがいい」

「そうか」

「流石は、私の白夜だわ。センスいいんだから」

「サウナを提案したのは、先代の巫女だがな」

会話の相手の声も聞こえた。

九十九は前で揃えた両手をキュッと握る。

シロに用事があったけれど、よく考えれば、接客中ではないか。

邪魔をしてはいけない。だって、これはお客様には関係ない、九十九の個人的な用事なのだから。

「私、白夜が心配なの。寂しいのではなくて？　此処には、貴方の望むものを引き入れているけれど……貴方が望んだものは、もうないのよ？」

チクリチクリと、声が心に刺さる。

内容が全然頭に入ってこない。

いや、これは盗み聞きなのだから、内容などわからないほうがいいのだ。早く耳を塞いで、立ち去らなくてはならない。

九十九は音を立てないように、サッと踵を返した。

邪魔をするのはよくない。そう自分に言い聞かせながら。

♨　♨　♨

覚えのある、甘い神気の気配がした。

頭の上に載った耳をピクリと動かし、シロは廊下側へと視線を移す。

「貴方が望んだものは、もうないのよ？」

そう言いながら、宇迦之御魂神がシロの顔を覗き込む。

自分と同じ琥珀色の瞳が憂いを帯びて瞬いている。

白い三つ編みの髪が肩から落ちた。

よく似た番《つがい》のような容姿――否、自分がよく似せた稲荷神の姿である。

「またそのようなことを……儂の勝手だ」

今一度、廊下のほうへ注意を向けると気配はなくなっていた。

甘い神気の主は、黙って去ったらしい。

用事があったから来たのだと思ったのに、何故。

「でも、不憫よ。私は知っているもの。彼がどれだけ傲慢だったか。あれは同じ神としても、どうかと思うのだわ。それなのに、白夜ばかりが割を食っているのよ。不条理よ」

「もうよいではないか……儂は其の話もしたくはない。そのようなことばかり言うなら、さっさと帰れ。今回の儀は、だいたい終わったからな。あとは一人でもなんとかなる」

「駄目よ。まだすべて終わっていないじゃない。昔から無茶ばっかり。私は心配しているだけよ。邪険に扱うなんて酷いのだわ！　仮にも、私は貴方の――」

「嗚呼、もうよい。もうよい。わからず屋め」

「ちょっと、白夜ってば」

追いすがるように手を引く宇迦之御魂神を雑に払って、シロは立ちあがる。あまりにしつこかったので、神気を使って霊体化した。

霊体化している間は、物理的な干渉をまったく受けないため、壁や障子もすり抜けることができる。少し足元を蹴れば、あまり神気を使わなくともフワッと浮きあがることも可能だ。人の表現を借りるなら、無重力状態。この状態を九十九に伝えると、「幽霊みたいですね」と述べられたことがある。

最近は、なかなか九十九と話せていない。

九十九は大学に進学すると決めて受験生とやらになった。庇護神として、テストの成績くらいは聞いておかねばならない。あまり構っていないからな。さぞ、話したいことが山積みだろう。

「九十九、何故《なにゆえ》、黙って行ってしまったのだ？　……どうした？」

シロはそんなことを考えていたものだから、ふり返った九十九が泣いているとは、露ほども思っていなかった。

「え、シロ、様……？」

九十九はたいそう驚きながら、制服の袖で涙を拭っていた。

「どうした、九十九？　学校でなにかあったか？」

九十九は理由もなく泣くような娘ではない。なにかあったに違いない。シロは内心で動揺しながら、平静を装った。

彼女が泣くときは、いつもそうだ。

どうしてやればいいのかわからなくなる。

理由がわからないし、聞いたところで半分も理解してやれない。

それが神と人なのだから、当たり前のことではあるが……その当たり前を放っておくと、この娘は時折、哀しい顔をする。

こちらの胸まで痛むような、とてつもなく寂しげな表情をするのだ。

それが堪らなく嫌だった。

「いいです……シロ様、お忙しそうなので」

壊れそうなくらい哀しい顔をしているのに。

「儂はそんなに忙しくないぞ？　儀式は昼中《ひるなか》にだいたい済んだからな」

誰が、いつ、忙しいと言った？　首を傾げるが、九十九にはシロの疑問は理解されないようだった。

「別に急いでいませんし、お客様のところに行ってください」

「だが、九十九」

「もう！　放っておいてって、言ってるの！」

九十九に触れようとすると、いつもより強い力で手を払いのけられてしまった。ついでに、胸元を強く押して拒絶される。

驚いて、シロは動きを止めた。

隙を見て、九十九は追撃のアッパーを飛ばす。いつもは甘んじて受けてやるシロだが、これが戯れではないことくらいはわかる。とっさに、九十九の怒りを逃れようと神気を使って霊体化した。

シロが姿を消すと、九十九はその場でうずくまる。

体調が悪いのかとも思ったが、違うようだ。

やはり、シロにはこの娘がよくわからない。

今までも、娶《めと》ってきた巫女たちのことはすべてわかっていたわけではないが……彼女は特に奇異な存在のように思われた。

「……わたし、馬鹿みたい……」

だから、すすり泣く九十九の言葉の意味もわからなかった。

「……馬鹿みたい……」

九十九が涙を拭いて立ちあがるまで、シロも姿を見せないまま、そこを動くことができなかった。

こんなにそばにいる。

だのに、触れられない。

シロは、九十九に触れることができなかった。

4

馬鹿みたい。

馬鹿みたい……。

馬鹿みたい……！

その日をどう過ごしたのか、九十九はよく覚えていない。

自分がどうやって乗り切ったのかわからないが、お客様のことも、運んだお膳のこともはっきりと覚えている。賄いは鰆《さわら》のお造りと、鯛の炊き込みご飯だった。ツンと鼻を抜けるワサビの辛さと、三つ葉のいい香りを思い出す。やっぱり、鯛にはワサビだ。

昨日の九十九は実にいつも通りであったと思う。

どうやったのか自分でも思い出せないほどに。

「湯築さん、どうしたの？」

声をかけられて、九十九はハッと我に返った。

つい、考えがループしていたようだ。今、放課後の教室だということも忘れていた。頬杖のあとが顔についてしまっている。

九十九はニコリと笑みを繕いながら、ふり返った。

「なんでもないよ」

ふり返った先の相手――将崇は心配そうに九十九の顔を覗き込んでいる。円くて大きな目から、九十九はとっさに顔を逸らしてしまった。

――じゃあ、湯築さん。ぼくと、おつきあいしてよ？

忘れていたわけではないのだが、急に言葉がよみがえる。

今までまったく気にしていなかった。「考える」などと言っておいて、ずいぶんと虫のいい話だ。

「ま、将崇、君……」

「なにか悩みがあるの？　ぼくでよかったら、聞くよ？」

将崇は悪意の見えない微笑を見せた。

本当に彼は無邪気な表情をして、こちらの間合いに入り込んでくる。つい、心を許しそうになってしまう。

「ううん。悩みってほどでも……」

「本当に？　だって、すごい悲しそうな顔してたよ」

そんな表情をしてしまっていたのだろうか。

上手くやっていたつもりだったが、実は違った？　お客様にも、そんな顔をしてしまっていたのだろうか。そんな顔のまま、おもてなしをしていたと考えると、怖かった。

いつの間にか、身体が震えていた。

不安で不安でしょうがなくなって……ああ、これ、昨日と同じだ。どうしようもなくて、止めたくても次々と涙があふれそうになって……九十九は震えてしまう。

なんで、急に。さっきまで、ちゃんとしていたのに……。

「湯築さん、あっち行こうか」

いよいよ涙がこぼれる寸前になって、将崇が九十九の手を引いた。

「え……」

九十九は驚きながらも、そのまま流されるように立ちあがってしまう。将崇は早足で九十九を教室の外へと誘導した。

「え、ゆづ。どしたん？」

委員会の集まりから帰ってきた京が声をあげる。

「ちょっと連れ去りますね」

将崇は言いながら、歩調を速めた。

京は呆気にとられて、口をポカンと開けたまま二人を追ってこない。小夜子が「九十九ちゃん！」と叫んでいたが、もうすでに声は遠かった。

なにこの展開。

まるで、漫画や小説のワンシーンのようで理解が追いつかない。これはいわゆる、アオハルというやつ？

「将崇君……」

「さあ、ここなら思う存分、泣いても平気だよ！」

将崇が胸を張って宣言する。

しかしながら、将崇に誰もいない校舎の裏手へ連れられたころには、もう九十九の涙は止まってしまっていた。

代わりに、どうしようもなくおかしくて、唇から声が漏れる。

「え？　え？　あれ？　ぼく、間違えちゃいましたか？」

「ううん。大丈夫……ありがとう、将崇君」

急に笑い出した九十九に、将崇は戸惑っている。

鬱屈としていた気分が、いつの間にか晴れていた。昨日のことを思い出しても悲しくないなんて言えば嘘になるけれど。

それは魔法のように。

神様の使う神気のように。

とても不思議な現象だった。

「とりあえず、落ち着いてよかった」

九十九の顔を見て安心した将崇は、ハハッと頭のうしろを掻いた。とても爽やかな少年という印象である。

でも。

「改めて、ありがとう……わたし、将崇君とは二人で話しておかなきゃいけないと思っていたから」

九十九は笑いながらも、視線だけは凛と正す。

将崇には、確かめなければならないことがあった。

「将崇君……人じゃないよね？」

九十九のポケットには、昨日のパンケーキ屋で預かった葉っぱが二枚入っている。その存在を意識しながら、ゆっくりと言葉を紡いでいった。

「前にコマから聞いたの。四国は狐よりも狸が多いって。だから、化け狸の数も多いんでしょ？」

九十九は緊張しながら、ハンカチに包んだ葉っぱをポケットから取り出した。

こういうことは、本来、シロに相談してから行うべきだ。ここは安全な湯築屋の結界の中ではないのだから。

しかしながら、将崇のことをこれ以上、放置しておくこともできなかった。彼が人に危害を加えるとは思えないが、目的が知りたい。

「なんの話？」

「隠さなくても、気づいてるよ」

葉っぱを包んだハンカチと一緒に、なにかがポケットからこぼれ落ちる。不注意だ。地面に落ちて、キィンという音が鳴り響く。

コイン？

いや、十円玉だった。

たしか、あれは……お客様として湯築屋を訪れた貧乏神からもらったギザ十。財布に入れると使ってしまうかもしれないため、お守り代わりに持っていたのだ。このタイミングでポケットから落ちるなんて、運が悪い。

貧乏神のギザ十は、コロコロと円のような軌跡を描いて転がっていく。

「ふうん……そ。全然気づいていないと思ってたよ」

十円玉に気を取られた九十九は将崇から視線を外してしまった。

その隙に、むわっと蒸すような……異質な気配が蠢《うごめ》く。神気の揺らめきに近いが、まったく違う。

これは神気ではない。もちろん、瘴気でもなかった。

「なに、これ……」

それが妖の使う妖気だと気づいたときには、遅い。

大きな塊となった妖気が九十九に迫っているところであった。

「あ、うっ……」

九十九はシロの神気を使おうと、紺色の肌守りをつかむが詠唱が間にあわない。とっさのことで舌が回らなかった。

「すぐに終わるから、少し眠っててくれない？　大丈夫。ちょっと遠くへ行くだけだから。起きたら、宴会の準備でもしよう」

キィン。

足元で弧を描くように転がっていたギザ十が、パタンと地面に倒れる。

その瞬間、凄まじい神気の塊が発生した。

ギザ十を中心に人の背丈ほどもある旋風が発生し、迫りくる妖気を祓《はら》う。シロの神気とは異なる――貧乏神の神気だ。

貧乏神がくれたギザ十には加護が宿っていた。

「な、なんだこれ……！」

将崇が怯む。

貧乏神のギザ十が起こした旋風には一瞬の効果しかなく、すぐに消えてなくなる。

それでも、九十九にとっては、ありがたい時間稼ぎとなった。

「稲荷の巫女が伏して願い奉る　闇を照らし、邪を退ける退魔の盾よ　我が主上の命にて、我に力を与え給え！」

九十九の目の前に、妖気を阻む薄い光の膜が発生した。

「は？　この気配……貧乏神？　お前が仕えているのは稲荷神だろ？」

将崇が声をあげていた。今までの彼からは想像できないような声だったので、九十九はびっくりしてしまう。

「その甘くて下品な神気で、無節操に神どもをたらしこんでるのか……まったく、湯築の巫女ってやつは代々、ロクでもないな」

ため息をつきながら、将崇が九十九を睨みつける。どうして、こんな表情をされるのか、九十九には想像がつかない。

よくお客様である神様から、九十九の神気は「甘い」と評される。九十九自身はあまり上手く神気を使えていないのでイマイチ実感がわかないが、シロに言わせれば「危険」らしい。

九十九が戸惑っていると、将崇は自分の右手に妖気を集中させた。九十九は盾に意識を集めて身構える。

これだけの妖気を隠し持っていたなんて。

気がつかなかった九十九は、巫女として未熟すぎる。

「――妙な報せが届いたと思ったら」

将崇の妖気の塊が神気の盾にぶつかる刹那《せつな》。

シン、と場の揺らめきが消え去った。

いつの間にか瞑っていた目を開けると、そこには白い猫が現れていた。猫はモフリと長い毛を揺らし、九十九と将崇の間に割って入るように降り立つ。

「儂の目が離れた隙に、よくも我が妻を」

「シロ……様……？」

白い猫はシロの使い魔だった。

どうしてここへ現れたのだろう。九十九が不思議に思っていると、使い魔が前足で落ちていた十円玉を示した。

貧乏神のギザ十だ。あれがシロに九十九の危機を知らせたのだと理解する。

――きっといいことあるぜ。ギザ十やるよ。

やはり、貧乏神は神様だ。十円玉を使わずに持っておいてよかった。

ありがとうございます、貧乏神様。

軽薄そうにニヤニヤとした貧乏神の顔を思い浮かべながら、九十九は心の中で感謝の言葉を述べた。

「流石に妻の危機を知らされれば、使い魔を出さぬわけにもいくまいよ。もう、アレも終わったしな」

九十九はもやもやとしたものを胸に抱えつつも、素直にシロが来てくれたことを嬉しくも思っていた。

使い魔はピョンッと九十九の肩に飛び乗る。

「もう来たのか、稲荷神」

シロの使い魔を見て、将崇が不敵に笑っている。

九十九を励ましてくれたり、パンケーキを一緒に食べに行ったりしたときの面影などない。

「でも、使い魔じゃないか。本人は立派な結界にこもって、なかなか出てきやしない……その甘い匂いを垂れ流すだけの下品な巫女も、一緒に囲っておいたらいいのに。神なんて、みんなそんなもんだろ？」

「我が妻を下品とは！　九十九は美しいのだ！」

シロの使い魔がお尻をふって、プンスカ怒っている。

猫なので、凄みがゼロだ。むしろ、可愛い。

九十九は猫の毛をなでて宥《なだ》めた。

「下品じゃないか……そんな神気、喰ってくださいって言ってるようなもんでしょ？」

「だから、儂が見張っておる。我が妻を脅かす者は何人《なんぴと》たりとも赦さぬ」

「今まで、ちっとも姿を見せなかったくせに」

白い猫の使い魔が毛を逆立てて、「シャーッ！」と威嚇《いかく》している。が、やはり、猫なので迫力には欠ける。

「まあ、喰わないけど」

将崇は言いながら、頭の上に手をかざす。いつの間にか一枚の葉っぱが載っていた。

彼は葉っぱをとって、両手で印《いん》を結ぶ。すると、足元からモクモクと白い煙があがった。

「ぽんっ！」

と、口で発しながら、将崇はその場で飛びあがって宙返り。

地面に降り立つときには……小さな茶色の獣――狸の姿になっていた。

コマのように二足歩行でチョンと地面に立ち、腕組みをしている。口には、タバコかなにかのように葉っぱをくわえており、少しだけガラが悪い。

「伊予の狸の総大将、隠神刑部《いぬがみぎょうぶ》の孫とは俺のことっ！　稲荷神白夜命！　今こそ、爺様の無念を晴らしてやる！」

小さな狸は高めの声で叫びながら、シロの使い魔を指さした。小さな胸をドンッと張って、風もないのに立派な袋を揺らしている。

九十九は条件反射で目を両手で覆ってしまった……狸だけど。

「無念？」

一方、名指しで宣戦布告されたシロはポカンとしていた。

覚えがない、といった表情だ。

「忘れたとは言わせないぞっ！」

「……とは、言われてもな？」

「し、シロ様、本当に心当たりないんですか？」

九十九も問うが、シロは「むむむ……」と考え込んだまま思い出せないようだった。きっと、今頃、本体のシロも湯築屋で腕を組んで首を九十度くらいに傾げている。

本当に、なにも思い当たらないようだ。

シロは長生きしているが、人間と違ってあまり記憶が薄れない。数十年前のニュースや夕食のメニューを覚えていたりする。わざと、とぼけることもあるが、基本的に物忘れはしない。

「爺様を山にこもらせたくせに！　忘れただって？」

「え。シロ様、隠神刑部を追い出すなんて、なにしたんですか？」

伊予狸の総大将、隠神刑部。「松山騒動八百八狸物語」という江戸時代の物語に語られる大妖怪だ。

狸のまとめ役と言われる、妖の中の妖。八百八もの狸を従えており、松山城の守護を任されていたという。しかし、お家騒動に巻き込まれ、眷属《けんぞく》もろとも洞窟に封じ込められた。

現在、その場所には、山口霊神として隠神刑部を祀る社《やしろ》も建てられている。

この騒動にシロが絡んでいるとは、初耳だ。

「違う！　それは創作だ！」

狸はプンスカと息巻きながら、地団駄を踏む。

「俺の爺様は、そんなつまんないことで封印されたんじゃないぞ……そこの稲荷神に女を横取りされて、自分でこもったんだ！」

「女？」

九十九は思わず、間抜けな声をあげてしまう。

稲荷神――シロの女とは、妻である九十九のことだ。

「わたし、狸と婚約した覚えは……」

「勘違いするな！　お前じゃない！」

将崇は狸の姿で、他の女のことであると叫んだ。

一方のシロの使い魔は、ますます意味不明といった風に「みゃあ？」と鳴いていた。

「爺様の純情を踏みにじった悪神。爺様は本気で好いていたのに……かわいそうな爺様。だから、今度は俺がお前の女を横取りしてやるんだからな」

狸の尻尾と袋をブランブラン堂々と揺らしながら、将崇は語る。

隠神刑部は強い妖力を持った狸であった。

四国において、狸が繁栄しているのは、まさに彼の功績であると言っても過言ではない。

そんな隠神刑部が恋をしたのは、なんと、人間の女。

強い神気を持った美しい女であったという。

隠神刑部は一目で女に惚れ、自分が結婚するのは彼女しかいないと確信した。そして、毎日、献身的に贈り物をするようになったのだ。隠神刑部の贈った花や菓子は、もちろん、葉っぱなどではない。狸なりに誠意を尽くした品々だった。

女は隠神刑部の求愛の証である品々を快く受け取った。

「でも、その女は爺様を裏切ったんだ」

狸は身振り手振りを交えながら大げさに熱弁していた。

「贈り物……化け狸……もしや、あの狸か？」

将崇の話を邪魔するように、今更、シロの使い魔が声をあげる。思い当たることがあるらしい。

「シロ様、どういうことですか？」

「いや、なに。少し前の話であった気がする……九十九の教科書の言葉を借りるなら、所謂《いわゆる》、江戸のころか？　儂はなにもしておらぬのだが……客の中に、我が巫女に贈り物をしていた化け狸がおってな。その巫女は快く狸の話につきあっておったそうだ。あの狸が隠神刑部？　たしか、別の名を使っていた気がしたが」

「そりゃあ、爺様のようなＶＩＰがチンケな宿屋に泊まれば事件になるからな。気を遣って偽名を使ったのさ。爺様は気配りもできるパーフェクトなイケ狸だからな！」

たしかに、隠神刑部は妖の中で絶大な力を誇る化け狸だが……もっと有名で力の強い神様が客として訪れる湯築屋の感覚では……正直、日常であると九十九は思うのであった。

この感覚がそもそも一般的ではないのだけれども。

「あの……二人の話を統合すると、隠神刑部が好きだった人は、当時の湯築の巫女だったってことですよね？」

二人の語った話は、きっと同じ出来事だ。

ということは、隠神刑部は湯築の巫女に恋をしたということで……。

「それ、横取りとかじゃなくて……最初からシロ様の妻だったから、無理な恋だったんじゃない……？」

湯築の巫女は代々、稲荷神白夜命の妻となる。これはずっと受け継がれてきた湯築屋の伝統だ。

湯築屋の客にとっても周知の事実であるはずだが——。

「爺様は裏切られたんだ！　婚約破棄なんて酷い話だ」

「いや、婚約破棄もなにも、湯築の巫女は最初からシロ様の妻って決まってるし……」

「爺様の純情を踏み躙《にじ》られて、何百年も祠《ほこら》に引きこもったんだぞ」

「え、ええ……」

プンプン怒っている狸に向かって、九十九は説明しようとしたが聞き入れてはもらえない。

「爺様の無念を俺が晴らすんだっ！　まずは、巫女を誘惑して奪ってやろうと思ったのに。湯築の巫女を嫁に迎えれば、きっと、爺様も喜んでくれるはずだ」

「誘惑？　九十九、なにかされたのか？」

「え、えっと……そ、それは……」

たしかに、将崇から誘惑されていた……それは、間違っていない。九十九が曖昧な態度で断らなかったのも事実だ。

そのことを知られたくなくて、九十九は急に口ごもってしまう。

「お前の巫女、満更でもなかったぞ？　もうすぐで、俺のものだったのに。もう花嫁衣裳だって準備しているんだぞ」

「違う！　違うの、あれは……だって、シロ様が——」

言いかけて、九十九は口を噤《つぐ》む。

今、シロのせいにしようとした。

シロのせいにして、言い訳しようとした。

楽しそうに宇迦之御魂神と話すシロの姿が頭に浮かんでくると、意地を張りたくなってしまった。

たぶん、それが正直なところなのだ。

どうしたいのか、自分でもよくわからない。

どうすればいいのかも、わからない。

そして、こんな汚い感情の自分のことを知られたくなくて……九十九は思わず耳を塞ごうとする。

「我が妻が誘惑に負けるはずがなかろう」

シロのまっすぐな声が耳を打つ。

「なにせ、儂は出来た夫だからな。浮気される所以《ゆえん》が何処にもない」

きっと、本人は胸を張ってふんぞり返っているに違いない。それくらい歪みのない言葉だった。

「九十九は儂の巫女であり、妻だ。お前のようなイキリ狸などに、見向きするわけがなかろう。まったく、狸どもは思い込みが激しくて困ったものだ。お前たちが四国で繁栄したのだって、元はと言えば狐が減ったからであろうに」

「イ、イキリ⁉　お前、俺のこと馬鹿にしてるだろ！」

「我が妻について事実を言ったまでだ」

「違う、そこじゃない！」

微妙に会話の論点がズレていっている。

狸が小さな身体でピョンピョコ跳ね回って、怒りを表現していた。猫はモフモフの胸を張って、そんな狸を冷ややかな視線で見ている。

こんなときになんだが、狸と猫が会話するなど絵面が可愛すぎでは？

「聞いていた以上に極悪非道な悪神だな！」

「何処がどうなれば、そうなるのだ。儂ほど、誠実な神もあるまいよ」

これ以上は、もう喧嘩にしかならないだろう。

九十九は、どう収束させるべきか考えあぐねていた。当人たちにはどうでもいいかもしれないが、この現場を誰かに見られないかも気がかりだ。

「とにかく、九十九は我が妻だ。誰にも渡さぬ」

しかし、きっぱりと言い放ったシロの言葉に、九十九は思わず声をあげそうになる。

キュッと締めつけられた胸が解放される気がした。

「べ、別にお前の巫女が欲しいって言っているわけじゃ……いや、もう俺のものだけど！

もう少しで連れ帰れたのに！」

「儂は巫女を渡さぬと言っているのではない。九十九は渡さぬと言うておるのだ」

「いや、それ意味、変わらないだろ！」

「左様か？　だいぶ違うと思うのだがなぁ？」

シロの言葉一つひとつ。

九十九は震えそうな身体を抑えて立っているのがやっとだった。

どう言えばいいのだろう？

わたし、どう応えればいい？

「どうした、九十九。何故《なにゆえ》笑っておる。此処は、儂と一緒に憤慨するところであろう？」

「え？」

シロに言われて、九十九は初めて自分が笑っているのだと自覚した。

「なんか……嬉しくて」

そして、素直に思っていたことを口にする。

口にするまで、自分がそう思っているなんて、気がつきもしなかった。けれども、嘘ではない。

九十九は自然に、スッと空気を吸い込んだ。

「行きましょう、シロ様」

九十九は、シロの使い魔を両手で抱いた。モフリとした毛並みが気持ちよくて、おさまりもいい。

「おい、まだ話は終わって――」

「ごめん、将崇君。わたし、やっぱりシロ様……稲荷神白夜命様の巫女で妻だから」

九十九はそう言って、シロの使い魔を抱いたまま踵を返す。

「え、え、ちょっ！」

狸は焦った様子でチョロチョロと九十九の足元を飛び回って追いかけてくる。九十九はもう一度だけ立ち止まり、ふり返った。

「わたしは誰ともおつきあいしないの……シロ様の妻でいたいから」

これまでにないくらい強い口調で言い放つ。

将崇はポカンと二足歩行で立ち尽くしている。白い猫も、九十九の腕の中で将崇と同じ表情だった。

九十九一人だけが当たり前のように、笑顔を作る。

とてもとても、気分がよかった。

5

久しぶりに気が晴れていた。

路面電車の道後温泉駅へ降りる足どりも軽く、弾んでいた。

「やあ」

アーケード商店街の入り口には、いつものように黒い猫——猫又のおタマ様が座っている。

「ただいま帰りました、おタマ様」

「やあ、稲荷の妻……それから、元気そうでなによりだ、稲荷神。つまらない誤解は解けたかね？」

おタマ様は九十九の隣を歩く白猫の使い魔を見つめながら、両目を細めた。

使い魔は思い当たる節がなさそうに首を傾げた。

「なるほど……早めに解決しておくことをお勧めしておくよ」

おタマ様はそう言って、大きなあくびをする。

気まぐれな猫らしい仕草で伸びをし、定食屋の前に停まっている原付に飛び乗った。ここが彼の定位置である。

「九十九、どういうことだ？」

使い魔が純粋な口調で問う。シロには心当たりがまったくないようだ。

誤解とは、きっと、宇迦之御魂神のことだと九十九だけが気づいている。

「どう、って言われましても……」

「嗚呼、九十九。久しぶりに、坊っちゃん団子が食べたい。買って帰ろう」

九十九が言葉を濁していると、シロはあっけらかんと次の話題に移ってしまっていた。

使い魔が猫の姿だからといって、マイペースすぎだ。

九十九は呆れながらも、商店街で坊っちゃん団子を買う。

坊っちゃん団子は松山銘菓の一つである。

元々は紅白の湯ざらし団子であり、夏目漱石も食べたといわれているが、今日では一口サイズの緑、黄、茶の三食団子のことを指す。それぞれ抹茶味、卵味、小倉味となっている。

たっぷりの餡の中にもっちりとした餅が入っており、九十九も大変好物であった。

「それを持って早く帰るのだ。待っておるぞ」

などと弾んだ声で言って使い魔はウキウキと前を歩いている。

坊っちゃん団子の箱を持ったまま、九十九はそのお尻を眺めて歩いた。

湯築屋へ続く坂は緩やかで長い。今日は、その道のりがいつも以上に長く感じた。

「ただいまー」

九十九は暖簾を潜って湯築屋の結界へ入る。

「九十九、待っておったぞ！」

程なくして、旅館の玄関がガランッと開く。

本物のシロが飛び出してきた。

シロは犬のようにモフモフの尻尾を横にふって、頭の上の耳をピクピクと動かしていた。狐の神様のはずなのに、とても犬っぽい。

「もうっ、白夜ったら。突然、走り出してお行儀が悪いのだわ……あら、巫女が帰ったのね？」

ドキリ。

胸が大きく脈を打った。

「それ、坊っちゃん団子？　私、それも好きなのだわ。白夜、一緒に食べましょうよ」

玄関からこちらを見ているのは、宇迦之御魂神だ。走っていったというシロを追ってきたのだろう。当然のようにシロのことを白夜と呼び、自分の所有物みたいな物言いをしている。

キュッと胸が締めつけられてしまう。

先ほど、将崇の前で語ったシロの言葉は、嘘ではないと信じたい。いや、信じている。

信じているが、宇迦之御魂神を直視することは、まだ九十九には難しかった。

ただ一言聞けばいいだけなのに。

あなたは、シロ様のなんなのですか？　と。

「これは、九十九と食べるために買って帰ったのだ！　もういい加減にせよ、過保護にも程があるぞ。用事は済んだのだから、そろそろ帰れ！」

「あら酷い。そんな言い方をしなくても……用が済んだら、私などどうでもいいのかしら？」

「如何にも」

ん？　なんだか、雲行きが？

二人の会話を聞いて、九十九は眉を寄せる。

「それが、母に対する態度なのかしら？」

「――――!?」

え？　え？

え？

「え……は、母ぁッ!?」

宇迦之御魂神のセリフで、すべてが吹き飛んだ。

九十九は坊っちゃん団子の箱が入ったビニール袋を思わず落としてしまう。シロが慌てて「おっとっとっ」と声をあげながらキャッチしてくれた。

「あら、白夜。言っていなかったのかしら？　そうです、この宇迦之御魂神こそが稲荷神の総元締め。そして、すべての稲荷の母です。えへん、すごいでしょう？」

宇迦之御魂神は腰に手を当て、胸を張った。

シロにそっくりだ。残念的な意味で。

「母などと適当な嘘を教えるでない」

「似たようなものよ。私は白夜が心配で、こうして定期的に様子を見にきているの。もちろん、巫女が相応しい娘かどうかも見定めるのだわ」

宇迦之御魂神はそう言って、ウインクした。

だが、シロは心配そうに宇迦之御魂神と九十九を交互に見ている。

「えっと、実際は……お義母《かあ》様なんでしょうか？」

「んー、厳密に言ったら白夜の言う通り嘘になるかもだけど、大雑把に説明すると嘘じゃないわね。ごめんなさい。この辺は、白夜があまり知られたくないらしいから。私からしたら、別にその必要などないと思うのだけれど」

シロには秘密がある。

今は九十九に話せない秘密だ。そして、九十九は彼が話してくれるまで待っている。待つと約束した。

九十九はそれ以上、宇迦之御魂神には聞かないことにした。ここで彼女に聞くのは簡単だが、それではシロとの約束を破ってしまう。

九十九が黙っているのを見て、シロはホッと胸をなで下ろしている。

「でも……そっか……お義母様かぁ……」

改めて声に出す。

たしかに、母子のようなものならあの距離の近さも納得できた。自分の子のことを呼び捨てるのも、わかる。天照だって、神様同士だが弟神のことは「須佐之男」と呼び捨てていた。

真相がわかると……なんと単純なことか。

そして、勝手に妄想していた九十九が馬鹿みたいだった。今考えると、あれもこれも……どれも恥ずかしい。

「じゃあ、シロ様が最初は正装してたのって……お義母さんの前で格好つけたかったたから？」

「そうよ」

「違う！」

「私は毎回楽しみにしているのよ」

フフンと腰に手を当て、宇迦之御魂神は三つ編みにした白髪を指でくるりと回す。

「ねえ、あなた」

宇迦之御魂神はフワリと地面を蹴って浮遊した。重力の法則に反した動きで、九十九の前まで一瞬で移動する。

「白夜のこと、愛してくれているのね？」

「………………!?」

ストレートに問われて、九十九は言葉を失くす。

心臓がバクバクと脈打ち、そのまま力尽きて止まってしまいそうだ。

「あ、あ、あい……？」

「あら、違うのかしら？」

すぐに答えられない九十九に、宇迦之御魂神は唇を尖らせる。

「もちろんだとも、九十九は儂の妻だからなっ！　さっきも、熱烈な愛の告白を受けたばかりだぞ！」

「こ、告白!?　そんなのしましたっけ……」

「忘れたのか？　儂の妻でいたいと言ったではないか！」

記憶を辿り、思い出す。

「え、ええ……でも、あれは、その。勢いというか？」

深く考えてなどいなかった。

でも、シロの妻でいたいと言ったことは、つまりそういうことで……でも、九十九としては、シロに恋することと、巫女や妻でいたいと思うことは同じではなく……でも、一般的には同じであって……難しい。とても難しい。

妻であること、巫女であること、恋愛すること。これらは、九十九の中では別々のピースであり、パズルのようにカチッと嵌まった瞬間はない。

今まで恋愛をしたことのない九十九にとって、とても難解だった。

「でも、私のことを愛人と勘違いして嫉妬していたんでしょう？」

「お、お客様を愛人だなんて……それに、嫉妬って……」

「だって、妻がいるのだから考えられるのは愛人でしょう？　最近は違うのかしら？」

お見通しと言いたげに、宇迦之御魂神は九十九の唇に指を触れる。シロによく似た容姿の女神に見つめられ、九十九は閉口した。

嫉妬。

わたし、宇迦之御魂神様に嫉妬してた？

なんで？

「人は、それを愛と呼ぶのではなくて？」

誰にも、もちろん、シロにも聞こえないよう、耳元でかすかに囁かれる。

九十九はハッと顔をあげるが、その頃には、宇迦之御魂神は距離をとるように離れて門の前に立っていた。

「母は嬉しいのだわ……よいものを見せていただきました。今回は用事も終わったし、帰ることにします。またね、白夜。寂しくなったら、いつでも呼びなさいな」

宇迦之御魂神はそう言い残して、湯築屋の敷居を跨いで出ていった。

6

四季は巡る。

春夏秋冬、順繰りじゅんぐり。

ゆっくりと。しかし、慌ただしく。

そんな季節の中で、いつも取り残されたように変わらないのが、湯築屋の結界であった。

結界の外に出れば、青や茜、太陽が輝き、月が微笑む様々な空を見ることができるのに。

ただここにあるのは、幻の四季ばかり。

日常の光景であると同時に、不思議な気分である。

シロはこの結界に人を招き、宿を作った。温泉のほかに電気やインターネットなど、好きなものを引いている。

でも、それが世界のすべてではない。

ここは自己完結してしまっている。

もっと、いろんなものをシロと共有したい。

なんて考えてしまうのは、神様のシロには理解されないことだろうか？

「いってきまーす」

いつものように制服姿で、朝の庭を歩く。

結界の外では、もう桜は散りかけているのだけれど、ここではずっと満開だ。そのうち、暦がくれば何事もなかったかのように夏の花に変わるのだろう。

「九十九、気をつけよ」

ふり返る。

先ほどまでは誰もいなかった湯築屋の玄関前に、シロが立っていた。

藤色の着流しに濃紫の羽織は普段通り。絹のような白い髪の上には、二つの耳。背後では、大きな狐の尻尾が揺れていた。どこも変わったところなどない。

宇迦之御魂神が帰ったのは、つい昨日のことだ。そのときのことを思い出して、九十九は反射的に黙ってしまった。自分の勘違いが恥ずかしい。

よくよく考えれば、シロに直接聞けばよかった。

勝手に勘違いなどして、馬鹿みたいだ。

「またあの狸が来るかもしれぬ。これからは使い魔ではなく、傀儡《くぐつ》を学校へ行かせるとし

「え、ええ……あの人形、目立つじゃないですか。嫌ですよ」

「なんと！　ちゃんと、謎の美形教師として潜入してやるぞ！　天照から学園ドラマのDVDを借りて、予習も抜かりない。安心して任せるがよい」

「全然、安心して任せられないんですけど」

たしかに、使い魔では不安な場面もあるため、傀儡を近くに置くのが安全だと判断するシロの言い分もわかる。

でも、平和な学校生活は死守したい。

それに……もしも、将崇がまだ学校に通っていても、九十九に危害を加えることはないと思う。

なんとなくだけれど、そんな気がしている。

「此度は九十九から目が離れてしまったからな……不覚」

宇迦之御魂神が滞在している間、シロは湯築屋の結界補強を行っていた。いつもストーカー……いや、見張っているはずの使い魔は九十九の周りにいなかった。

貧乏神のギザ十による報せを受けたときは、急いで駆けつけてくれたけれど。

「でも、もう将崇君は学校にいないかもしれませんし……そもそも、人に危害を加える狸じゃないですよ？」

「わからぬぞ。また九十九をさらおうとするかもしれぬ。四国の狸は図々しいのだ。狐よりも幅を利かせおって！」

「シロ様、それ違う愚痴になってます」

四国には狐よりも狸の逸話のほうが多く残る。稲荷神社の分布も、比較的少ないそうだ。そもそも、四国は狐よりも狸の生息のほうが多いので仕方のない話である。

「昔は大人しかったくせに、狐が減ったからと言って……」

「昔は四国にも狐がたくさんいたんですか？」

シロは稲荷神だ。もしかしたら、昔はたくさん仲間がいたのかもしれない。

「嗚呼、昔はな」

胸を張って楽しげな昔話でもしてくれるのかと思えば、シロの声は静かだった。

「儂のせいだ……つまらぬ話はやめよう」

九十九には、その言葉の意味はわからなかった。けれども、シロがとても寂しそうな顔をしていることだけは気づいた。

「どういう――」

九十九は問おうとして口を開いたが、キュッと閉じる。

待つと決めたのだ。

だったら、待たないと。

「いつか、話してくれますか？」

こんなことを聞いてしまうのは、ズルいだろうか？

それでも、約束が欲しいのだ。

いつか話してくれるという保証があれば、少し安心できるから。

「嗚呼、話すとも」

シロは穏やかな表情で応えてくれる。

九十九が欲しかった安心を提供され、胸が楽になる気がした。

「此度も九十九には感謝しておる」

「え？」

わたし、なにかしました？

身に覚えがない。

九十九はいつも通り、接客をしていただけだ。それに、変な勘違いまでしてしまった。

「儀式とは大げさな言い方をしているが、あれは、そうだな……儂の休息なのだ」

「休息？」

シロはうなずく。

「結界を維持し続ける神気も馬鹿にならぬからな……半世紀に一度くらいは眠って、一部の管理を宇迦之御魂神にさせるのだ。だから、その間、湯築屋を守っていてくれたことを感謝しておるよ」

そうまでして、湯築屋の結界は維持しなければならないのだろうか。

シロの神気は道後温泉との親和性が高いらしい。他の神たちと違って、神気を癒す効果が何倍にも高められると聞いている。

それでも、休息が必要だとシロは言う。

たぶん、これ以上は聞いてはいけないことなのだと悟る。

それでも。

「ありがとうございます」

少しだけでも。

「わたし、嬉しいです」

シロが自分のことを教えてくれた。

素直に嬉しかった。

頼ってもらえていることも。

九十九の言葉に、シロはコホンと咳払いする。

「とにかく、結界の外は心配だ」

シロはそう言うと、九十九の髪にすっと手を触れる。

指がポニーテールの毛先を揺らした。

「これって？」

「魔除けの加護だ」

ポニーテールのリボンに触れると、ふわりと神気の気配がした。九十九のリボンに、シロが加護を授けてくれたのだと知る。

「ありがとうございます……」

考えてみれば、シロからなにかをもらうことは少なかった。いつも持っている巫女の肌守りくらいかもしれない。

見た目は変わらないのに、特別なお洒落をした気分だ。

——人は、それを愛と呼ぶのではなくて？

ふと、一言思い出す。

その途端、九十九の頬が桃色に染まる。

愛？

愛って、あの、愛。ですかね？

噛みしめるように思い出してしまい、その場から動けなくなる。

昨日から、ずっとこうだ。

わたし、シロ様のこと……好きなのかな？

でも、だって……今までだって、ずっと一緒にいて、ずっと巫女で、夫婦で……今までとなにも変わっていない。変わっていないはずなのに……！

そんなこと、一度も思ったことないのに。

「き、気の迷いです。気の迷い！　きっと、そうです！」

「九十九、さっきからどうした？　顔が赤いぞ？」

「赤くないです！　気の迷いですから！」

「九十九がなにを言っておるのか、儂には皆目見当がつかぬ」

わけもわからず慌てふためく九十九の顔を覗き込むシロ。その距離が近すぎて、九十九は「ひっ！」と声を裏返らせてしまった。

「い、いってきます！」

「む。よくわからぬが、気をつけよ」

シロの言葉を最後まで聞かないまま、九十九は湯築屋の門を潜って外に出た。

薄暗い湯築屋の結界を出ると、外は明るく晴れ渡った空が広がっている。

見あげると、花を散らした桜の木。

見下ろすと、薄紅の絨毯でアスファルトが染まっていた。

風が吹くたびに、桜の花弁が舞いあがる。

花は散った姿も美しい。

シロの結界の中では見ることのできない光景だった。

いつか、シロに教えてあげたい。

結界の外にはいろんな美しいものがあるのだと。

そして、直接、二人で一緒に見たい。

こう思うことは、恋や愛の類なのだろうか。

わからない。

わかんないけど……嫌じゃなかった。

♨　♨　♨

結論を言うと、将崇は学校へ来ていた。

「別に人間の学校になんて興味はないんだけどな。これっぽっちも、興味はないんだけどな……巫女を横取りして、爺様の無念を晴らす俺の計画も終わってないから！」

九十九が教室に入るなり、聞いてもいないのに将崇は勝手に捲し立てて宣言した。ちょっと恥ずかしそうに両頬が赤くなっている。

もう「人懐っこい小動物キャラ」を演じるのはやめたらしい。完全に開き直っている。こちらの口調のほうが板についており、どことなく、しっくりきた。

「あと……またパンケーキが食べたいからな。それと、フレンチトーストに、抹茶パフェに、クレープに……」

勝手に言い訳を重ねている将崇に、九十九はニッコリと笑った。

とりあえず、九十九に対する敵意はないようだ。

なんだかんだと学校生活を楽しむ気のようである。

「またパンケーキ、食べようか？」

そう言うと、将崇は言い訳を続けようとした口をパクパク開閉させた。

「おま、お前……そういうところだぞ！　そういうところだ！　その下品な匂いを垂れ流しながら、そういう危なっかしいこと言うな！」

「下品は失礼よ。それに、今度は京や小夜子ちゃんも一緒に来てもらうんだから」

敵意がなさそうとはいえ、将崇には九十九を連れ去ろうとした前科がある。もう二人きりで遊ぶような、迂闊《うかつ》な真似はしないつもりだった。

「な……お、俺の花嫁になるんだから、少しは自重しろって言ってるんだぞ」

「なりませんって、言ってるでしょ」

「あ、いや、なれって言ってるわけじゃないからな⁉」

「どっちなの？」

将崇は明らかに動揺しながら九十九から顔を逸らしてしまう。

九十九はため息をつき、窓際の自分の席に座った。

「ん………？」

カリカリカリカリカリカリ。

窓の外で音がしたので見ると、白い猫が窓ガラスを引っ掻いていた。カッと見開いた両目から、「開けろ！」と訴えているのがわかる。

聞かなくとも、シロの使い魔だとすぐに理解した。

「もう……」

新しい学校生活は、今までよりも少し賑やかになりそうだ。

灯．巫女の秘めごと

1

それは嵐のようなお客様たちであったと、後《のち》にふり返って思うのだった。


シャン、シャン、シャン。

お客様が結界に入った合図を聞いて、九十九は玄関へ向かう。

コマがトコトコトコッと足音を立てていた。鈴の音を聞いて、八雲や碧も玄関のほうへと集まっている。

「ただいま、つーちゃん！」

元気のいい女声が湯築屋に響く。

湯築屋の女将、湯築登季子の声である。

登季子は女将でありながら旅館の業務ではなく、海外への営業活動を主に行っている。

そのため、湯築屋にはほとんど戻ってこなかった。

営業と言っても、単に旅館を売り込むだけではない。気難しい神も多いため、神気の強い者ではないと相手にされないこともあった。

また、神々は人里に近いところに住んでいるとも限らないので、山の奥地や秘境まで出向き、冒険家のようなこともする。

常人には務まらない。

営業成績はよく、最近ではギリシャ神話の天空神ゼウスや、古代エジプトのファラオをお客様として連れ帰っている。特にゼウスは、あのあとも湯築屋を気に入って常連となっていた。

「お客様をお連れしたよ」

その海外営業担当の女将が帰宅した。

つまり、意味するところは――。

九十九が玄関まで駆けつけると、登季子はニヤリとした顔で玄関の外に視線を移す。だいたい、いつものパターンだ。

外にお客様が待っているということだった。

「おかえりなさいませ、女将」

九十九はいつもながらいろいろ言いたい気持ちをおさえて、頭を下げる。

今、学校から帰ってきて着物をまとったばかりだ。もう少しゆっくりとしたかったが、仕方がない。

「今回は、どちらのお客様ですか？」

九十九は仕事モードで問う。

普段、少々遅れがちではあるが、登季子は自分の現在地やお客様の情報を事前にメールで送っていた。

しかし、今回はそのような連絡は一切ない。

単に忘れていたのか、なにか意図があったのか。

……結局、後者であると判明するのだが。

「それが、ちょっと複雑でね……でも、放っておけなくてさ」

「どういうことですか？」

九十九は思わず眉を寄せる。

「ふむ……たしかに。此れは登季子にしては珍しい」

九十九が怪訝に思っていると、隣にフッと気配が現れる。顔を向けると、すぐそばにシロが立っていた。

シロが当たり前のように肩を抱き寄せようとするので、九十九は思わず身を震わせる。

「ち、ちか……！　仕事中です、やめてください！」

そんなことなんて思った覚えはないのに、口からはスルスルと言葉が出てくるものだ。

九十九はいつも通りを装いながらシロの手をピシリと払いのけた。

シロの手に指先が触れた瞬間、ちょっぴり……ほんのちょっぴり、ドキリとしたことを悟られないように。

――人は、それを愛と呼ぶのではなくて？

宇迦之御魂神に言われたことを、ことあるごとに思い出す。

九十九がなんと呼べばいいのかわからなかった気持ちを、一言で表現された瞬間――違う！　と否定しつつ、なんとなく、しっくりと落ち着く気もした。

だからこそ厄介で、複雑で……捨て切れないと思ってしまう。

いやいやいや、違うけど。違いますけど！

九十九は自分の思考を否定するように首を一人でブンブンふって、両頬をペチーンと叩いた。

「いらっしゃいませ、お客様！」

九十九は雑念を振り払おうと玄関から飛び出し、待ち構えるお客様に頭を下げた。

「ふふ、思った通り。とても愛らしい……あなたが、パパの言っていたキモノビジョのワカオカミちゃん？」

九十九はお客様の顔を見あげた。

そこにある顔は、とんでもない美女であった。

真珠のように丸みを帯びた白くて滑らかな肌はもちろんのこと、波打つ金髪は周囲の光を吸い込んで蜂蜜色に輝いている。鼻梁《びりょう》はスッと一筋通っており、ほっそりとした首のラインも芸術的だ。

「あなたは……」

着ているTシャツに、日本語で「胸囲の格差社会」と書かれていなかったら完璧だった。

「初めまして、ワカオカミちゃん。パパのお気に入りだと言うから、来ちゃったの。アフロディーテと申します。よろしくね」

アフロディーテ。

ギリシャ神話のオリュンポス十二神の一柱で、愛と美を司る女神だ。

なるほど、その名に恥じない美貌を持つ女神であると、九十九も納得した。

……しかし、オリュンポスの神々は日本語のネタTシャツを着なければいけない決まりでもあるのだろうか？　単なる好み？

「いらっしゃいませ、アフロディーテ様」

オリュンポス十二神において、アフロディーテの成り立ちは特殊だ。

ほかの神々がクロノスの系譜であるのに対して、彼女は違う。

原初の神ウラノスがクロノスに王位簒奪《さんだつ》された際、切り落とされて海に落ちたウラノスの男性器から生じた泡より生まれたとされている。ゼウスは彼女の美を賛美し、自分の養女に迎え入れた。

そのため、正確にいうと彼女はゼウスとヘラの娘ではない。

だが、こうしてゼウスを「パパ」と呼び、似たようなネタTシャツを着ている姿を見ると、とても仲がいい親子なのだと思う。

「今日は、パパとママに隠れて来たの。しばらく、匿《かくま》ってくださいな」

「え？」

とても仲がよさそう――そう実感した矢先に放たれた一言によって、九十九の表情は凍った。シロが「やれやれ」と肩をすくめる。

よく見ると……アフロディーテのうしろに、もう一人。

「ああ、どうも」

「………………!?」

九十九は言葉を失った。

光の加減によって茶にも緑にも見える肩まで伸びたアッシュブロンド。整った顔立ちを隠すかのような丸い眼鏡がキラーンと光っている。レンズ越しの碧色の瞳は深い海を思わせ、不思議と惹き込まれる魅力のある青年だった。

「あ、あなたって……」

「ジョージ・ジ・レモンだ。よろしく」

超有名ロックスターの名前が飛び出して、九十九は動きを止めてしまった。湯築屋のお客様は神様が多い。鬼や妖の類も訪れるが、何故だか圧倒的に神々が集まってくる。

そして、神様も多種多様。

日本神話の神様から、アフロディーテのような外国の神様まで。そして、天皇やローマ皇帝のように、人々から神格化され、神に至った人間も含まれる。

最近多いのは、人々の熱狂的な人気を集めたアーティストの神格化だ。その熱気は侮ることなかれ。もはや宗教と呼べるレベルに達している。人気アーティストや俳優が神となり、お客様として訪れるパターンは少なくない。

このジョー・ジ・レモン氏もその一人ということだ。

数年前に事故で亡くなったとニュースになっていたが……まさか、本当にお客様となるとは。しかも、亡くなったときよりも、かなり若い姿で神様となっている。

九十九も神や妖を相手にする宿屋の若女将だ。こういう事例には慣れている。

慣れているが……。

「あたしたち、つきあっているの。でも、ママは許してくれなくて……家出してきちゃいました」

アフロディーテは愛と美の女神。

同時に、性の女神でもあった。

ヘパイストスという夫がいたにもかかわらず、数多くの男神や人間との恋物語が語られている。

「ただの人間相手なら、怒られるのもわからなくもないけれど。ジョーは、もう神になっているのだし……おつきあいを反対される謂《いわ》れがないと思わない？」

表情を固まらせたまま立ち尽くす九十九を前に、アフロディーテは果実のような瑞々しい唇をムゥッと尖らせた。

いや、これはどうすれば？

「どうしましょう……」

玄関に並んだ二人のお客様を眺めて、九十九は頭を抱えた。シロも面倒くさそうに嘆息している。

「流石に、湯築屋に逃げてもすぐに見つかるのではないか？」

普段は怠けているのに、こういうときはシロもオーナーらしいことを言う。九十九は同意のつもりで、ウンウンとうなずいた。

ゼウスは最初の来館から二度も湯築屋を訪れており、常連と言っても過言ではない。しかも、毎回ヘラを伴っている。お気に入りの宿に逃げるなど、すぐに見つけてくれと言っているようなものだ。

「そこは、ほら。シロ様の結界でなんとか、さ」

「登季子よ、儂のことを便利屋かなにかだと思っておるな？」

困り果てた九十九を余所《よそ》に、登季子はシロと交渉をはじめてしまう。

「そんなはずないだろう？　シロ様のことを信用しているだけよ。なんと言っても、うちのオーナーで神様なんだからね。いつも誇りに思っておりますとも！」

「む……まあ、結界の外から客の神気を悟られぬようにしたり、特定の客の来館を弾くことなど朝飯前だがな」

「ほら、できる！」

「当たり前だ。儂を誰だと思っておる」

「よっ！　稲荷神白夜命様！」

「もっと褒めよ」

あ、できるんだ……登季子におだてられる形で、胸を張って主張するシロに九十九は苦笑いする。単純すぎない？　話がトントン拍子に進んでしまい、九十九は戸惑うばかりだった。

シロがふんぞり返っている隙に、登季子が小さくお客様たちに向けて「ほら、チョロいだろ？」と言いたげに親指を立てている。実際、チョロいので文句は言えない。

「では、よろしくね。ワカオオカミちゃん」

「はい……」

アフロディーテが明るく言いながら、サンダルのまま玄関へあがろうとしている。日本通であるゼウスと違って、こちらはまだ日本文化に馴染めていないようだ。

「お客様、履物をお脱ぎください」

九十九が言おうとしたのと同じセリフを、別の人物が口にしていた。

柔らかい大人の声。

番頭の八雲だった。

「お荷物をお持ちします。お部屋は潮騒の間をご用意しました」

流石は勤続二十年のベテラン。どんなに厄介……いや、癖のあるお客様が相手でも、いつも通りだ。九十九も見習いたいところである。

「八雲、ただいま！」

登季子が軽く声をかける。

八雲はニコリとした表情を崩さないまま、登季子に「おかえりなさいませ、女将」と言った。

「元気そうでよかったよ」

「女将こそ、お元気そうで」

しかし、九十九は八雲の表情に若干の違和感を読み取ってしまう。

いつも、彼が登季子と話すときと少し違う気がする……いや、気のせいだろうか。

「それでは、おもてなしの準備をしましょう」

九十九は気を取り直して、背筋を伸ばす。

事情があろうと、お客様は神様だ。

おもてなしの手を抜いていい理由はない。

「はいっ、若女将！」

コマが足元で尻尾をふって張り切っていた。

「パパが言っていた、ジャコテンというものが食べたいわ。あと、美味しいお酒はあるかしら。ね、ジョーもそれがいいでしょう？」

「僕は……君が食べたいなら、それでいい」

お部屋にご案内されるアフロディーテたちの会話が聞こえてくる。

陽気で明るいアフロディーテに対して、ジョーは寡黙で大人しい印象だ。

テレビで流れるライブ映像では、激しくギターを掻き鳴らしたり、観客に向けて雄々しく叫んでいたりしたため、意外だった。表向きの性格と実際の性格は別ということだろう。

「つーちゃん、よろしくね！」

女将の登季子が玄関にあがる。今回も九十九を信頼して接客を任せてくれるようだ。

それは嬉しくもあるのだが……。

「お母さん、いくらなんでも……」

宿を気に入ってくれているゼウスやヘラを欺くような真似はよくない。特にヘラが問題である。アフロディーテの口ぶりからも、反対しているのはヘラのようだ。

「まあまあ、いいじゃないか」

登季子は九十九の苦言を軽く流して肩を叩いた。

「放っておけないだろ？」

「そりゃあ、頼まれたら仕方がないかもしれないけど――」

九十九が言葉を重ねようとすると、うしろから肩に手を載せられる。

「まあ、よいではないか。登季子がそうしたかったのだ。儂は反対せぬよ」

「え、シロ様？」

先ほどまで、面倒くさそうにしていたのに。

登季子におだてられたのが、よほど効いたのか、シロは事もなげに微笑を浮かべていた。

調子がいいとは、このことだ。

九十九はプイッと顔を逸らす。

「文句はありません、大丈夫です」

文句は、ない。

お客様なのだから。

ただ……このような案件を持ち込むなんて、登季子らしくないと感じてしまっただけだ。

「っぅしゅん！　そういえば、シロ様いたのかい。さっさと、向こうへ行ってくれないかい？　ひっくしゅん！」

「むむ⁉　今まで、普通に会話していたではないか……！」

「屋外だったら、まだ耐えられるのさ」

思い出したように、動物アレルギーの登季子がくしゃみをしながら、シロを邪険に扱うので、九十九は苦笑いした。

2

夏は夜。月のころはさらなり、闇もなほ、ほたるの多く飛びちがひたる。

枕草子の一節である。

その言葉はまさにその通りであり、夏の夜は美しい。

湯築屋の結界内には月が出ず、薄暗い藍の空が広がるばかりだ。それでも、庭のあちこちには紫陽花《あじさい》が咲き、青い光を湛える蛍が飛び交っている。

暦の上では、もうすぐ梅雨入りだ。

結界の中では、一足先に梅雨の幻が映し出されていた。結界の気候は一定で、雨など降らない。もちろん、ムワッとする梅雨の湿気も感じられなかった。

けれども、こうして湯築屋の幻影を眺めていると、なんとなく「季節感」というものを味わうことができる。

縁側に座る九十九の隣には、女将の登季子。

「女将っ、若女将っ。スイカです！」

「ありがと、コマ」

のんびりと蛍を眺めていると、コマがスイカのお皿を持ってきてくれた。ちゃんと、種を捨てる小皿も、一つまみの塩も盆の上に用意してくれている。

コマは両手で盆を持ち、トテトテと尻尾をふりながら、九十九と登季子の間にスイカを置いてくれた。

「つーちゃん、お疲れ様」

登季子が持ちあげた麦茶のグラスの中で、氷がカランッと音を立てる。グラスを伝って落ちる水滴が蛍の色を吸い込んでいた。

コマがチョコンと前掛けをつまんで、九十九の隣に腰をおろす。

短い足をプラプラと揺らしながら、スイカをシャクシャクシャクと少しずつかじりはじめた。表情がスイカの甘さを物語っている。

「美味しい？」

だ。

「はいっ！」

まだ梅雨である。少しばかりスイカの旬には早く、小玉だったが甘さに問題はないようだ。

「ウチ、スイカに目がなくて……八雲さんのくれたスイカ、美味しいですっ！」

コマがペッと種を小皿に出しながら、嬉しそうに笑った。小さいサイズのスイカは、コマにとってちょうどいいようだ。

九十九はおもむろに周囲を見回す。

「そういえば、八雲さんは？　一緒に食べないの？」

今回のスイカは八雲が差し入れてくれたものだった。

「スイカを切ってくれたあと、用事があるからとお部屋にこもってしまいました。こんなに甘くて美味しいのにぃ……やっぱり、呼んできましょうか？」

コマは食べ終わったスイカの皮を置き、次の一切れに手を伸ばす。

「いいよ。わたしが呼んでくる。そのほうが、八雲さんも混ざりやすいと……」

「別にいいのよ、八雲は放っておいて。来たかったら、勝手に来てるはずだから」

九十九が立ちあがろうとすると、登季子が遮るように手をふった。

登季子は暑くもないのに、うちわでパタパタと顔を扇ぐ。

「そういう人なの」

「そうなの？」

登季子は湯築屋にあまり滞在しないので、普段の八雲と接している時間は九十九のほうが長い。しかし、八雲は勤続二十年のベテランだ。当然、登季子が若いころから知っている。そういう意味では、九十九よりもつきあいが長いと言えるだろう。

「お母さん、八雲さんになにかしたの？」

「なんで？」

なんとなく、感じたことを口にしてみた。

登季子は身に覚えがなさそうに両目を開いて、首を傾げている。心当たりはまったくなさそうだ。

ほとんど九十九の勘のようなものだが、今日、八雲の登季子に対する態度に違和感があったのは確かだった……でも、ただの勘違いかな？

「そういえば、お母さんの若いころの話って聞いたことなかったかも？」

「失礼だね。今でも若いよ？」

「見た目が若いのは否定しないけど、流石にもうすぐ四十……」

「まだ！　三十代だから！」

年齢については微妙に禁句のようで、登季子は声をあげて力説していた。

「ウチは、そろそろ七十五歳になります。女将はお若いと思いますっ！」

コマがスイカの種を吐き出しながら、必死に拳を握っている。化け狐の尺度では、たしかに登季子も九十九も、まだまだ若いし子供の部類。なにせ、コマの年齢で半人前の子狐なのだから。

「それなのに、身体が大きくてお仕事もできて……あと、天照様から合格もらえるなんて、すごすぎますっ！　女将も若女将も、尊敬ですっ！　すごい！」

「そ、そんなに褒めてくれなくても」

「若女将、顔が赤いです。熱があるなら、お休みしますか？　ああ……ウチじゃ引きずってしまいますから、白夜命様を呼んで、いつものように抱えてもらいましょうかっ！」

「いいから！　そういうのいいから……！　大丈夫です！」

なにを勘違いしたのか、コマは一人でオロオロしていた。

単に恥ずかしくなっただけの九十九はコマを必死でなだめ、両手をふって元気であることをアピールする。

「そうなんですねっ。失礼しました」

「そ、そうよ。それに、いつも抱えてもらってるみたいな言い方やめてよね！」

「お二人は仲睦まじいご夫婦ではありませんか」

「な、仲睦まじ……違います！」

もしかして、九十九とシロは誰からも、そのように見えているのだろうか。そうだとすると、恥ずかしい。

「ふふ。あいかわらず、ここは楽しいねぇ」

二人のやりとりを見て、登季子が笑声をあげた。

「今回はゆっくりしていくんでしょう？　夏休みまでいてくれる？」

「ごめん、つーちゃん。実は今回帰ってきたのは、たまたまでね。すぐにインドへ飛ぶ予定なんだよ。カイラス山に登る準備を進めててね」

登季子の営業は忙しい。

いつも世界中を飛び回っていた。

「お母さん、ずっと湯築屋にいればいいじゃない。営業はほどほどにして……」

それは九十九がいつも感じていることだった。

湯築屋の従業員は多くない。余裕もないため、女将である登季子がいてくれると助かる。

それに、まだ女子高生である九十九に宿を任されるのも、不安なときがあった。

いつだって、お客様のために全力でやっている。

それでも、自信がないことだって、たくさんあった。

「それも悪くないんだけど……やっぱり、わがままを通した以上、甘えてばかりもいられないんだよね」

登季子は縁側におろしていた膝を持ちあげ、腕の中に抱えた。

「いや、違うね。今もわがままを通しているだけだね」

登季子の言っていることが、よくわからない。九十九は眉を寄せて、どういう意味かと口を開く。

「どういう――」

「うぷっ……わ、若女将……す、すみません……」

九十九と登季子が話している間に、コマがうめき声をあげる。見ると、大きく膨らんだお腹を苦しそうに抱えて、仰向けになっていた。

「コマ、どうしたの⁉」

「ス、スイカ……」

コマの横に置かれた皿には、スイカの皮が山積みになっていた。

九十九や登季子なら、このくらい食べても平気かもしれないが、身体の小さなコマには量が多かったようだ。

尻尾をピクピクさせながら、蒼い顔をしている。

「もう」

「すみません、美味しすぎて……」

コマは申し訳なさそうに、お腹を両手で押さえていた。登季子が「あははは！」と膝を叩く。

「つーちゃん、片づけをお願いできるかい？　コマはあたしが看ておくから」

「はーい」

九十九は言われて立ちあがる。

そういえば、小さいころ、庭にスイカの種を蒔いたっけ……ふと、盆を持ちあげながら思い出していた。

種を植えた場所からは、なにも生えなかった。

湯築屋の結界に存在する植物はみんな幻影で、根を張って育ったものではない。ここでは、なにも育たないのだと、昔教えてもらった。だから、夏休みの自由研究では外から持ち込んだ土でアサガオを育てた。

誰に教えてもらったんだっけ？

「若女将、もう夕涼みはよいのですか？」

スイカの盆を厨房まで運んでいると、背に声がかかる。

柔らかい、温かみのある微笑があり、九十九も自然と口元を緩めた。

「八雲さん。スイカ美味しかったです、ありがとうございます……一緒に食べればよかったのに」

九十九がそう言うと、八雲はあいまいな表情を浮かべた。

「経理の仕事が立て込んでしまって……美味しいと言っていただけて、なによりです。実家に伝えておきますね」

「八雲さんのご実家から送られてくるお野菜、どれも美味しいです」

「それはよかった。きっと、母も喜びます」

愛媛県東予《とうよ》にある坂上家は小さな神社を管理する傍ら、農家を営んでいた。

八雲の母親は湯築家の出身だ。巫女にはなれなかったが強い神気を持っており、子である八雲も神気の扱いに長けている。

湯築屋の結界の中ではお客様である神や妖の力は制限されているため、接客に神気の有無は関係ない。しかしながら、湯築家は巫女であり神様の妻の家系だ。やはり、神気の扱える人間は重宝される。

「そういえば、実家の話で思い出したけど……八雲さんって、どうして湯築屋で働くことになったんですか？」

改めて聞いたことがないことに気がついた。

八雲は長男だと聞いている。それならば、実家の神社を継ぐのが普通だ。前から少し疑問に思っていた。

「うーん、そうですね」

八雲は困ったような表情を浮かべた。

「私の場合は、ただのお節介ですよ」

「お節介？」

九十九が反芻すると、八雲は唇の前に一本、人差し指を立てた。

秘密にしておいてくれ。そういう意味だと理解した。

「あの人は、自分に厳しすぎますから。甘やかすのが、昔からの役目なんですよ。私のね
……などと、都合のいい役割を自分に振っているだけです」

九十九は首を傾げていたが、八雲は説明の句を継ぐ気はないらしい。

登季子は湯築屋を離れる理由を甘えないためだと言っていた。

八雲は湯築屋にいる理由をお節介だと言っている。

二人とも同じことを述べているように思えたのは、ただの直感だ。

「若女将、盆は私が持っていきましょう。明日も学校でしょう？　早めに宿題を終わらせて、おやすみなさい」

九十九が持っていたスイカの盆に、八雲がそっと手を添える。

「ううん、いいです。コマがスイカを食べ過ぎちゃって、動けなくなっているので……片づけはわたしがやりますから、八雲さんはコマを抱っこして部屋まで連れていってあげてください」

「困った仲居さんですね……」

「ええ。とても美味しそうに食べていたので、許してあげてください」

「なるほど。では、私のスイカのせいですね。責任を取らなければ」

八雲はふんわりと言って、盆から手を離した。

温かくて、優しい顔は妙に落ち着く。

八雲と話していると、ホッとしてしまうのだ。それは、九十九の父である幸一に雰囲気が似ているからであると、昔から感じていた。

小さいころ、間違えて「おとうさん!」などと呼びかけてしまったこともあったらしい。

今思えば失礼な話だ。

「では、私はコマを回収しておきましょう」

「うん、よろしくおねがいします。お母さんが一緒にいてくれてます」

踵を返す八雲が、一瞬だけ不自然な動きをした。

それは気のせいと言ってしまえるほど、わずかなもので。

きっと、普通ならば気がつかない。

「どうかされましたか?」

九十九のぎこちなさに気づいて、八雲のほうから問う。

「ううん……なんでもないです」

九十九は首をふって、きっと、気のせいだと自分に言い聞かせた。そもそも、なんと聞けばいいのかもわからない些細な違和感だ。流しておくのが一番だろう。

八雲は大して気にした様子もなく、「それでは」と頭を下げて縁側のほうへ向かっていった。九十九もあまり深く考えず、厨房へと足を運ぶ。

「九十九、儂のスイカは残っておるか？」

ヒョイっと廊下の角から顔を出したのは、機嫌よさそうに頬を上気させたシロだった。お客様と晩酌していたようで、お酒の匂いがする。

「コマがほとんど食べちゃいましたよ」

「なんだと……こんなことなら、早々に切り上げて妻に酌をしてもらえばよかった」

「シロ様のお酌なんてしませんってば」

いつものようにさりげなく手が触れたので、九十九はペッと指先で払ってやる。シロはつまらなさそうに口を曲げた。

「してくれぬのか？」

「しません。シロ様、お酒ばっかり飲んで、旅館のお仕事手伝わないんですもの」

「神事に酒は欠かせぬ。神を相手にするならば、まずは酒を用意せよ。儂は妻の注ぐ酒が飲みたい」

「後半が本音ですよね」

「嬉しかろう？」

どれだけ自信があるのか。シロは整った顔を得意げに近づけて、九十九の進路を断った。

壁ドンの格好になってしまい、九十九は思わず身震いする。

長くて白い髪がひと房、肩から滑り落ちた。

神秘的な琥珀色の瞳が、こちらをまっすぐに。

「九十九は儂の妻だからな」

その響きに九十九は戸惑うばかりで呑み込むことができなかった。

湯築九十九は稲荷神白夜命の巫女であり、妻である。夫のシロを想うことは悪いことではない。むしろ、そうあるべきだ。

立派な巫女であろう。

いい妻であろう。

九十九がいつも抱えていた悩みだった。

それなのに、この感情を宇迦之御魂神が言うように、「愛」と呼んでしまうのは酷く抵抗があった。

胸の底が熱くなって、締めつけられる。

泉のように得体の知れないものが湧いてきて、目頭まであがってくる。

言葉を発しようとしても苦しくて……苦しくて……なにも喋れなくなる。

「九十九、さては酔っておるのか?」

シロが黙り込む九十九の頬に触れようと手を伸ばしてきた。

「ひっ……酔ってませんっ！」

九十九は反射的に、迫りくるシロの手から逃げようと試みる。

親指をガッッとつかんで、グイッと一捻り。ありえない方向に関節を曲げられて、シロは「アダぁ⁉」と神様らしからぬ声をあげる。

「酔っ払いは、これでも持っていってください！」

片手で持っていた盆を全力で鳩尾《みぞおち》に押しつけてやると、ガチャンと皿が鳴る音と共に、シロが「ぐえっ」と前のめりになった。

ちょっとやりすぎたかもしれないが、シロは神様だ。これくらい、平気なはずなので廊下にうずくまる姿も無視してやった。

「まったく……！」

そう悪態をつくころには、胸の底から湧きあがっていた得体の知れない感情《もの》は薄れてしまっていた。

3

「ワカオオカミちゃん、ママったら酷いのよ？　ジョーのことを馬鹿にしたの。ジョーはちゃんとした神なのに」

まるで友達に語りかけるように、お客様——アフロディーテは畳の上で足をずらして座り直す。九十九はあまりの色気に目のやり場に困ってしまった。当の本人がまったく気にしていないので、余計に。

アフロディーテは波打つ蜂蜜色の髪を指でクルクルと回し、瑞々しい唇をムッと歪めている。

「僕は気にしていないけどね」

ジョーは部屋の隅で体育座りをしている。

部屋の真ん中よりも落ち着くようで、湯築屋へ来てからは、ずっと隅っこにいる印象だ。明るく朗らかなアフロディーテに比べて、影が薄く感じてしまう。

「正直なところ、現在の信仰者人口で言ったら、オリュンポス十二神《あたしたち》よりもジョーのほうが多いと思うのよね」

「うう、その質問は答えにくいです……」

ジョー・ジ・レモンと言えば、世界的なロックスターだ。

熱狂的なファンを世界中に持ち、数々の伝説的なレコード記録を保持している。ロックにあまり詳しくない九十九でも、曲を聴けばわかるレベルだ。

たしかに、アフロディーテの言う通り現在進行形でジョーを信仰する人間はかなりの数になるはずである。交通事故で亡くなったというニュースが流れた直後、テレビはずっと同じ話題のループだった。

現代において「神様」になるような人物だ。ジョーのファンをアフロディーテは信仰者と呼んだが、あながち間違ってはいない。

一方で。

湯築屋を訪れる神様たちが時々愚痴をこぼしているのは、現代人の信仰心についてだ。古来より存在する神々は、自分たちへの信仰が薄れていることを実感しているという。熱狂的な信者は今でも多いが、かつてほどではない。

神は人を超越する。

されど、人の信仰心がなければ存在することはできず――誰からも名を忘れ去られれば、堕神となる。

現代人の宗教離れを深刻な問題と捉えるお客様も多かった。

「科学っていうのかしら。人は、知恵を駆使して多くの知識と力を手に入れたわ。それはあたしたちが授けたものではなく、人が自ら獲得してきたもの。だからこそ、彼らは神への畏怖を忘れている……なんて、言っている神もいるけどね。あたしは、どうでもいいのよ。そんなの」

「いいんですか？」

「だって、あなたたちが失敗しながら手に入れたものでしょう？　それを否定するのは、失礼というものよ。神の寵愛を受けし者だけが特別ではないの。そこまで傲慢になるべきではないわ。人であろうと、神であろうと、等しく愛すべきです」

アフロディーテは甘い笑みを浮かべて、両手を組み合わせた。長い指と指が絡まる様も、そこに整った顔を乗せたポーズも、彫像のような完璧さである。彼女が発する言葉一つひとつに、花のように人の気を惹く力があった。

アフロディーテは恋多き神だ。

ヘパイストスという夫がいながら、多くの愛人を作った。その中には、アドニスやアンキセスなど人間の男もいた。

「ジョーの歌は美しいのよ。多くの人を虜にするだけではなく、神までも魅了するの……神は人を檻で飼って、気まぐれに殺すばかりではないのよ。人の持つ美しさを自然のまま眺めることも、あたしたちに与えられた特権だと思わない？」

人間でありながらアフロディーテと結ばれたアドニスやアンキセスは、神の理不尽によって命を落とした。

アフロディーテを魔性の女神と評する者もいるが……九十九は、目の前の女神を見て、そうとは思えなかった。

この女神は、本気で愛を注いでいるのだと感じる。

相手が神であっても、人であっても。

それは、九十九が知る神のあり方とは違った。

「僕の歌よりも、君の微笑みのほうが称賛に値すると思うけどね」

ジョーは照れ臭そうにアッシュブロンドの髪を掻き、部屋の壁にピトリと身体をくっつけてしまう。

そうかと思えば、突然、思いついたようにジーンズのポケットに入れていたタブレット端末を指で操作しはじめた。凄まじい指の動きで、九十九にはなにをしているのかわからない。

「あら、嬉しい。またあたしの歌を作ってくれるのね？」

「うん、待ってて」

世界的なロックスターが一人の女性《女神》のために、曲を作っている。こんな場面など、なかなか見ることはできないだろう。

ジョーは端末を畳の上に置き、両手で画面を叩いて曲作りに没頭している。少なくとも、九十九には画面をハチャメチャに叩いているようにしか見えないため、なにをしているところなのか理解はできないけれど。

「あら……輝きの匂いがすると思えば……？」

フッと風のように、気配が現れる。

甘い甘い蜜のごとく、とろける声の少女が立っていた。薄墨《うすずみ》の透明感ある黒髪が垂れ下がり、太陽の色の瞳が上から九十九を覗き込む。

「天照様？」

いつの間にか、そこにいたのは天照大神。

「ふふ、若女将も災難ですわね」

災難、とは？　九十九は一瞬、天照がなにを言っているのかわからなかった。

天照はくるりと見開いた、しかし、敵意の読み取れる眼でアフロディーテに視線を移す。

「神と人との線引きは必要ですわ。到底、対等とはなり得ないのですから」

天照はそう言いながら、一歩、二歩と近づく。

アフロディーテは畳に座ったままの状態で、天照に視線を返す。

少しの間だけ、いや、随分と長く感じられる時間を、そうやって見つめあう。

これ、まずいのかな？　お客様同士の喧嘩？

九十九は目の前で睨みあう女神に、あわあわと口を開くが、言うべき言葉が見つからない。

「そう……推しと一緒に逃避行なんて、うらやましくなどないのですからっ！」

ただの嫉妬だー！

天照が口を開いた瞬間、九十九はガクリと項垂れてしまう。

「わたくしだって、推しと逃避行したい……などとは思っていません！　ただ、少しうらやましいだけですわ！　少しだけ！　推しと温泉旅館でイチャイチャなど……そんなの、少しだけしか、うらやましくないんですから！」

天照にとって、ジョーとアフロディーテの関係はうらやましいものらしい。

自分の推しとデートや逃避行したい！　うらやましい！　という感情が強く出てしまっているようだ。

天照とアフロディーテのジョーに対する考え方に差はあるように思うが……そもそも、ジョーはアフロディーテにとって「推し」ではない。前提条件がまったく違う。

天照の分類が大雑把すぎて、九十九は乾いた笑みを浮かべる。

「すればいいのではないかしら？　思うがままに」

「うっ……」

歯を食いしばって地団駄を踏み鳴らす天照にも臆することなく、アフロディーテはニコリと返した。

天照は自分の最推し――天宇受売命にも、好きすぎて素直になれない神様であった。冬のダンスバトル事件を思い出して、九十九は目を逸らす。

「ジョーは素っ気ないけれど、ちゃんと愛してくれるわ。だから、あたしも応えなければならないの」

「あ、あい……!?」

予期していなかった単語が飛び出して、今度は九十九のほうが狼狽《ろうばい》してしまった。

我ながら過剰反応だと思ったら、案の定、アフロディーテが優美にこちらを見ている。

天照のほうも、先ほどまでの地団駄など感じさせない魔性の笑みを浮かべていた。

「そういえば、此処《まつやま》には恋人の聖地というものがおありのようですね」

天照が思い出したように両手をポンと叩く。

「え……まあ……はい。松山というか、日本中に？」

九十九はあいまいに答えて思考を巡らせる。

恋人の聖地とは、全国で「少子化対策と地域の活性化への貢献」をテーマに、「観光地域の広域連携」を目的としたプロジェクトだ。告白やプロポーズに適したロマンチックなスポットを選定して広めようという動きのことである。

もちろん、愛媛県内でも複数箇所が選定されていた。

「松山市で一番近いと言えば、松山城二之丸史跡庭園でしょうか？」

聖地と言っても、神話的な謂れがあるわけでもない。観光PRの一環である。そのため、湯築屋のお客様から、恋人の聖地についで聞かれることなど今までなかった。

ちなみに、二之丸史跡庭園が恋人の聖地に認定された理由は、結婚式の前撮り撮影に年間五百件ものカップルが利用した実績が認められたからである。

また、日露戦争時のロシア兵捕虜と日本人看護師の名前が彫られた帝政ロシア時代の硬貨が一枚出土しており、国境を越えたラブロマンスであると評判だった。

「じゃあ、ワカオカミちゃん。あたしとジョーを、そこへ案内してくれる？　デートしてみたいの」

「ご案内なら、もちろん。精一杯、おもてなしいたします！」

アフロディーテの求めに、九十九は大きくうなずいた。お客様のご要望には、応えたい。

すると、天照が悪戯っぽく唇に弧を描いた。

したたかで美しく、艶やかで……しかし、意地が悪い女神の微笑みだ。

「ならば、稲荷神もご一緒されては如何でしょう？　お二人の神気は稲荷神の結界によって守られております。稲荷神の加護が必要なのでは？」

「それもいいわね。Wデートしましょう」

「ふふ。楽しんでいらっしゃいませ」

アフロディーテと天照の二人の間で、会話がポンポンと進んでいく。

「え、ちょっと……そんな……」

勝手に話が決まっていく様を目の前で見ながら、九十九は頭を抱えるしかなかった。

「なに？　九十九、儂とデートしてくれるのか⁉　デートなのだな⁉」

どこから湧いてきたのやら。

いつの間にか現れたシロがモフモフの尻尾をふりながら、身を前に乗り出してきた。

「シロ様、さっきまでいませんでしたよね？　空気のように霊体化してるんなら、ずっと空気でいてください」

「九十九、儂に冷たすぎぬか？　はん、さては照れておるのか？」

「自意識過剰です！」

駄目だこの神様、存在が恥ずかしすぎる。

「決まりね」

思わず顔を両手で覆う九十九の意見など無視されて、アフロディーテの言葉が締めくくりとなった。

♨　♨　♨

「こんなところで、よろしかったのでしょうか？」

Wデートが取り決められ、皆が解散したあと。

天照は花の蜜のように甘い笑みで問う。

「嗚呼、問題なかろう」

他に誰もいないことを確認したうえで返答したのは、シロであった。

「客の注文に応えてやるのも、オーナーの務めというもの。儂は働き者だからな」

「そのために、いちいちわたくしに演技を求められても困ります。昨日の生放送の録画を、あと三十回は見直しておきたいのに」

「それにしては、迫真の演技ではないか」

「演技派なのです……本音など、欠片《かけら》も言っていなくてよ？　別に、わたくし推しと温泉旅行がうらやましいなど思ってなどいないのですからね？」

天照は、わざとらしく頬を膨らませながら目を逸らす。

「それは、どうでもいいが……恩に着るよ」

「いいえ。しかし、一度迎え入れた客人を、外出させる口実が欲しいなど……若女将の提案ではないのでしょう？」

少女の顔に魔性の笑みを湛えて、天照はシロを見あげた。

「まあな」

シロは多くを語る気はないが、天照は心得ていると言いたげに唇に弧を描く。

「宿屋の経営というのも難儀ですわね。まあ、なにもしていないころよりは、楽しそうですし……なにより、此処へ引き寄せられるのは神々《わたくしたち》のほうですものね」

そう言ったきり、天照は霧のように姿を消していた。

シロは言い返すこともできず、息をつく。

♨　♨　♨

ギリシャ神話の神様とのWデート。前にもあったパターンの気がするなぁ。

なりゆきで決まってしまった今週末のWデートに、九十九は嘆息した。

「デートって言うから変なのよ……これは、接客。おもてなしだもん」

などと言い換えながら、九十九は自分のモチベーションを無理やり仕事モードへと切り替える。

行先も松山城二之丸史跡庭園と決まっており、案内しやすい。周囲にも観光名所があるし、美味しいご飯も何軒か心当たりがあった。

シロは湯築屋の結界の外へは出られないため、傀儡を使うことになる。傀儡でもアフロディーテたちの神気を隠すことは可能らしいので、ヘラからの襲撃を受ける心配もなさそうだ。

ゼウスが初めてお客様として湯築屋を訪れたときのことだ。九十九はヘラからゼウスの浮気相手だと勘違いされて攻撃された。あれは実に恐ろしいものだった。思い出したくない。

「ス・イ・カぁ！　スっイっカっ！」

思い出しながら廊下を歩いていると、陽気で明るい声。トテトテという足音が聞こえ、すぐに廊下の角からコマが飛び出してくることを予見した。

九十九は余裕をもって、角の隅で立ち止まる。

「あ、若女将っ！　八雲さんが、またスイカくれたんですよ。幸一様にお願いして、切ってもらいましょう！」

角から浮かれた様子で飛び出したコマは、キラキラとした視線を九十九に向けた。頭の上に丸々と大きなスイカを載せており、とても嬉しそうだ。モフッとした尻尾を左右に揺らしている。

「いいよ。また一緒に食べましょ……今度は、食べ過ぎないようにね？」

「うっ……はぁい」

コマは恥ずかしそうに頬を赤くしながら耳を垂らす。その拍子に、「おっとっとっとっ」と、バランスを崩して頭に載せたスイカを落としそうになってしまう。

九十九はとっさにスイカを両手でつかんで支え、ホッと一安心。まだまだ小玉だが、昨日のスイカも甘くて美味しかった。期待度は高い。

「ありがとうございますっ！」

「どういたしまして。気をつけてね？」

「はいっ！」

九十九が手を離すとコマはキリッとした表情に改まる。もう絶対に落とさないぞ、という気合が見てとれた。

トットットッと軽快な足音を立てながら廊下を進むコマのうしろ姿を見送る。微笑ましい気分になるのは、コマがいつも一生懸命だからだ。

「コマはあいかわらずですね」

コマに癒されていると、背後から近づいていた人物に気がつかなかった。

「あ、八雲さん」

霊体化し、神出鬼没な神様たちとは違う。九十九が八雲の気配に気づかないことは、よくあった。

それは神気を扱うための呼吸であったり、特有の歩き方であったり。九十九がまだまだ身に着けられていない技能の部分が大きい。

九十九ができることと言えば、シロの神気を少し借りることだけ。

神気の力は随一だと評されるが……正直なところ、未熟で半人前の巫女である。

「Wデートするそうですね」

「うっ……もう知ってたんですか？」

「シロ様が嬉しそうに吹聴していらっしゃるので」

あの駄目夫……！

嬉しそうに尻尾をブンブンふり回しながら、従業員に自慢しまくるシロの姿が思い浮かんでしまう。

「？」

あれ、また？

「……八雲さん、最近、なにかありましたか？」

また、少しの違和感。

九十九自身にも言い表せないくらい小さな違和感だった。これまでは聞くのを躊躇《ためら》ってしまっていたが……。

「どうしてですか？」

「いえ、なんとなく……なにもなかったら、いいんですけど」

なんでもないように返答され、九十九は逆に口ごもってしまう。

そんな九十九の様子を見て、八雲は息をついた。

「あなたは女将に似ず、勘がいいですね」

「へ？」

困ったような、しかし、あきらめたような。

八雲の顔を、九十九はなんと形容すればいいのかわからなかった。

「強いて言えば、うらやましい……でしょうか」

「うらやましい、ですか？」

「私も、アフロディーテ様とジョー様がうらやましいと感じるのですよ」

八雲は少し寂しそうに、そう吐き出した。

九十九は「ああ、やっぱり聞かないほうがよかったのかな」と思う一方で、「どうしてだろう?」と続きを促す態度を取ってしまう。

「昔、お慕いしていた方がおりまして」

まるで、おとぎ話を語るように、穏やかな口調だった。

「でも、その方には決まったお相手がいました。私はそれを仕方のないことだと片づけて、見守っていようなどと考えていたのですよ」

八雲はスッと視線を庭のほうへと移す。

藍色の空の下で踊り飛ぶ蛍の一匹が、ふわりとこちらへ向かってくる。

「でも……結局、その方はまったく別の男性とご結婚されました」

「え?」

「自分では駄目だったとわかっているのですが、もしかすると……などと考えてしまう。そんな浅はかな自分を思い出してしまって……素直に行動できるお二方に、ちょっとした羨望を抱いただけですよ……そのお二人をお連れした女将にも驚いてしまいまして、柄にもなく動揺していたようです」

自分から聞いたのに。

九十九はなにも言えないまま、口を半開きにしてしまう。

「聞いてくれてありがとうございます、若女将。少しばかり気分が晴れました」

清々しくて、優しい表情。

いつもとなにひとつ変わらない笑顔で、八雲は九十九に軽く頭を下げる。

ありがとうございます、と彼は言う。

けれども、九十九は。

九十九は、そんな彼の心が少しも晴れていないのだと、気づいてしまった。

でも、なにも言えなくて。

言えなくて。

言えないまま、立ち去る八雲を見ていた。

4

天気予報は晴れ。

お天気お姉さんの話では、「絶好のお出かけ日和」とのことである。

と言っても、湯築屋の結界の中はいつだって透き通るような黄昏の藍色で。実際の天気は結界の外へ出てみないとわからない。

九十九はつま先をトントンと鳴らして、スニーカーの中に足を滑らせる。うなじで、ポニーテールがピョンピョンっと跳ねた。

「よし」

玄関を飛び出す九十九の足どりは軽いものだった。

「九十九とデートなど、久方ぶりではないか」

白磁のように滑らかな肌に、鴉《からす》の羽根色の艶やかな黒髪が落ちる。プリントTシャツに、ブラックジーンズというシンプルな出で立ちの青年が、マネキンのような整った顔にニコリとした表情を浮かべた。

九十九のあとを追うように出てきたのは、とびっきりのイケメン――シロの傀儡だ。

「はあ……」

「これ、九十九よ。何故《なにゆえ》、そのように気が重い返事をするのだ！　もっと、喜ばぬか！」

「だって、シロ様の傀儡って、苦手なんですもん……」

これは常々思っていることだが、シロの傀儡には温もりが足りない。

シロの神気が込められているし、顔も似せてある。だが、触れると体温が低くてひんやりしているし、表情もシロに比べると乏しい。文字通り、人形なのだ。

まだ動物に擬態した使い魔のほうが親しみやすかった。

それでも、傀儡のほうが使い魔よりも、神気を伝達しやすい。遠隔操作するシロへと、ダイレクトに感覚や情報も伝わるようだ。

それに忘れてはならないが、九十九が相手にしているお客様は神様なのだ。

神は人を容易《たやす》く――藁かなにかのように、捻り潰せてしまう。特にシロの結界が及ばぬ範囲では、注意する必要があった。人に対して敵意がないと言っても、なにが起こるかわからない。

わかってはいるが……やはり、神であるシロ以上に人間味の薄い傀儡は好きにはなれなかった。

「つまり、九十九よ」

シロの傀儡は、何故だかフフンと鼻を鳴らして胸を張った。幾分、シロよりも味気ないとはいえ、その仕草はシロそのものを連想させるには充分である。

「九十九は傀儡ではなく、儂自身と二人きりでデートしたいというのだな？」

「それ、ただのシロ様の願望ですよね？」

「儂だって！　九十九と！　生身で！　イチャイチャ！　したいのだ！」

「本音ダダ漏れですってば」

九十九は慣れた態度で、まとわりつくシロの手を払う。

あー、面倒くさい！

「いいから、行きますよ。お客様のご案内に」

「おう、行《ゆ》こう。デ、ト、へ！」

絶妙に噛みあわないが、もう気にしない。

「ワカオカミちゃん、行きましょうか」

湯築屋の門の前には、アフロディーテ。

そして、ジョー・ジ・レモンが立っていた。

アフロディーテはTシャツにおさまりきらないほどの豊満な胸を揺らして、九十九に手をふる。ジョーのほうは、寡黙にうつむいたまま、こちらにチラリと視線を向けるだけだ。

ちなみに、アフロディーテは「来世から本気出す」、ジョーは「本気を出したい人生だった」と書かれたTシャツを着ている……ペアルック、なのかな？

「いってらっしゃいませ、お客様っ！　若女将っ！」

湯築屋の正面玄関から、コマがトトトッと小さな歩幅で足音を刻んで出てくる。チョコンとお辞儀をすると、モフリとした尻尾がクイッと上にあがった。

「つーちゃん、お弁当だよ。コウちゃんのお手製」

コマの隣に並び立つように、登季子が前に出た。

九十九がお客様のおもてなしに出かけるので、今日は女将として旅館の仕事をしてくれる。紺を基調としたシンプルな扇柄の着物が優雅で、尚且つ、気品を感じさせた。

重箱の入った風呂敷を受け取る。料理長の幸一が作ってくれたものだ。

「がんばっておいで！」

登季子はパンッと九十九の背中を叩いてくれる。

「うん」

とりあえず、今はお客様のご案内！　おもてなし！　お仕事！　それが第一！

「いってきます！」

九十九は意気込んで、湯築屋の外へと出る。

その瞬間、世界の色が変わった。

藍色の薄暗い空は、雲一つない青に塗り替えられ、気温が一定の湯築屋から一歩外に出ただけで、「蒸し暑い」と感じてしまう。

それは神様たちも同じようで、アフロディーテなどは「汗をかいてしまうわ」と言いながら、Tシャツの襟元を伸ばし、手で胸の辺りを扇いでいた。

「じゃあ、市内電車に乗るので、まずは駅へ――」

九十九が先導しようと前に出る。

「それには及ばぬ。アッシー君を用意してある」

前に出た九十九の肩を、シロの傀儡がつかんだ。

フフンと胸を張っている様が大変に腹立たしいが、同時に、大変に美形であるため、大変に大変に……大変に疲れる。

「シロ様、それ死語じゃないですか？　わたしが生まれる前の言葉ですよ？」

「なに⁉　いや待て、九十九よ。日本語は基本的に、そなたが生まれるよりも前に存在しておるのだ。古いも新しいもないではないか」

「屁理屈ですね」

湯築屋の門の前に一台の車が停まった。

白いワゴン車だ。車体には紺色の文字でシンプルに「道後温泉　湯築屋」と書かれている。予約なしで来館されるお客様が多い湯築屋では滅多に使用しないが、送迎用の車であった。

運転席を見て、九十九はハッと息を呑む。

ウイーンと音を立てて、運転席の窓が開いた。

「お待たせしました。シロ様、若女将」

運転席から顔を出した八雲の顔を見て、九十九はパクパクと口を開閉してしまう。

──強いて言えば、うらやましい……でしょうか。

これ、八雲さんにものすごく申し訳ないことを頼んでしまっているのでは……九十九は主犯のシロをふり返った。

「ふふん、儂は気が利くであろう？　客を歩かせるのも忍びないからな！　お天気お姉さんが、今日は蒸し暑くなると言っておった」

ものすごくいいことをした。そんな顔持ちで高らかに笑うシロに、九十九の気など知れないのであった。

松山市を見下ろすのは、現存する天守閣を有する山城――松山城だ。

市の中心部に位置する城山《しろやま》は標高百三十メートル。その頂上に載った天守からの眺めは格別であると評判だった。松山市でも有数の観光地であり、ここを中心に都市開発が行われている。

天守閣へ登るルートとしては、徒歩の登城口のほかにロープウェイの利用があった。一人乗りのリフトと、大人数乗れるロープウェイが選択できる。

「えええ？　リフトは一人乗りなの？　せっかく、ジョーと二人きりで空中散歩できると思ったのに」

「……僕は、どちらでも」

「そう？　じゃあ、あたしもどちらでもいいわ」

ロープウェイとリフトの説明をすると、アフロディーテとジョーはそんな様子。ジョーが素っ気ないが、アフロディーテは気にしていない。いつものことなのだろう。

アフロディーテの注文した二之丸史跡庭園は城山の一角にある。どうせなら、天守閣の観光もしたほうがいいので、プランを組んだ。

「儂も九十九と空中散歩でイチャイチャしたかった」

「シロ様、リフトなんて乗らなくても普通に飛べるじゃないですか」

「雰囲気というやつだ！」

はいはい、と適当にシロをいなして、九十九は五人分の券を購入する。

ちなみに、リフトとロープウェイ、どちらを利用しても、値段は一緒だ。今回は、ジョーと一緒に乗りたいアフロディーテの意見を優先して、ロープウェイに乗ることにした。

「ロープウェイは十分おきの運行です。今、前の便が行ってしまいましたので、待っている間に甘いものなどいかがですか？　愛媛で大変人気のあるお菓子です」

次のロープウェイを待つ間、八雲が菓子の箱を差し出す。

そういえば、八雲は車を駐車場へ置いて帰ってくるときに、どこかへ寄っていた。

何気なく箱を覗き込んだあとに、九十九は顔をパアッと明るくする。

「霧の森大福！」

霧の森大福は四国中央市《しこくちゅうおう》に本店と工場を持つ愛媛の菓子である。

四国中央市新宮町《しんぐう》で採れる茶をふんだんに使った大福で、県外からも注文が殺到する人気商品。ロープウェイ乗り場に続く坂道――通称、ロープウェイ街に松山店があるが、基本的に開店前から並んでいなければ買うことができない。

「まだ売っていたんですか？」

「ええ。今日はラッキーですね……これだけ神様《お客様》が揃っていますので、きっと、ご利益があったのでしょう」

「神様が揃うと、いいことあるもんですね」

八雲はアフロディーテとジョーに一つずつ、霧の森大福を手渡した。シロの傀儡も地元なのに滅多に食べられない菓子を掌に載せて、嬉しそうにしている。きっと、本物のシロは湯築屋で尻尾をブンブンふっているだろう……食べられないけれど。

「んぅ。これ美味しいわ！　ほろ苦いのに甘くて……そして、軟らかい」

霧の森大福を食べたアフロディーテが、とろけそうな表情で身悶えしている。

九十九も自分の大福を包みから出して、指でつまんだ。

見た目は抹茶のまぶされた小さな大福だ。不用意に持ちあげると、抹茶の粉がサラサラと落ちそうになるため、注意が必要だった。

口に運んだ瞬間、期待通りのほろ苦さと、抹茶の香りが広がる。そして、軟らかな求肥《ぎゅうひ》が潰れると、中からとろりと甘い餡子と、中和するように滑らかなクリームがあふれ出すのだ。

甘さと苦みのほどよい調和と、癖になる食感が堪らない。

指についた抹茶を舐めるまでが、霧の森大福の美味しさだ。

「むむ……儂も九十九を餌付けしたいぞ」

「餌付けって……なんですか、その言い方」

「だって、九十九はいつも美味いものを食すと、幸せそうな顔をするではないか」

「わたし、そんなに変な顔してます？」

九十九は眉を寄せた。

「儂は、その顔を見ているのが好きなのだ」

「……またそういうこと……どうでもいいですけど、ロープウェイが来ましたよ。さっさと乗りましょう」

シロの話は適当に切りあげて、一行はロープウェイの中へと入っていく。

「箱が宙吊りになっているみたいね。落ちたら、嫌だわ」

ロープウェイの構造に不安を覚え、アフロディーテがジョーにギュッと抱きついた。ジョーは変装用のサングラス越しにアフロディーテを見て、「こういうのは滅多に落ちないから大丈夫」と小さな声で言う。

「これだけ神様がいらっしゃるのですから、落ちても大丈夫です」

「八雲さん、安心させたいのか不安を煽りたいのか、わからないことをサラッと言わないでください」

八雲の言う通り、これだけ神様がいれば落ちてもなんとかなりそう……と思いつつ、そもそも、縁起が悪いので落ちる前提で話を進めるべきではない。

話しているうちに、ロープウェイは木々で埋まる山道や松山東雲《まつやましののめ》高校を見下ろしながら、あっという間に到着。と言っても、一気に天守閣へ辿り着くわけではない。ここから約十分の距離は歩かなくてはならなかった。

ロープウェイを降りると、長者ヶ平《ちょうじゃがなる》駅だ。広場になっており、土産物屋や喫茶が並んでいた。

ここから、天守まで歩くこととなる。

「この長者ヶ平には由来がありまして……昔々、ある貧乏人の男が住んでいました。男は神様にお金持ちになりたいとお願いしたそうです」

さりげなく、八雲が地名の由来を話しはじめた。

「あ、わたしもそれ知ってます。たしか、願いが叶ってお金持ちになるんですよね？」

「そうです。でも、お金持ちになったはずの男は神様に再び貧乏人に戻してくれと頼んだそうです。男は願った通りに貧乏人に戻りましたが、その後も幸せに暮らしたそうですよ。男の家があった場所を、今では長者ヶ平と呼んでいます」

八雲の説明に、アフロディーテが「どうして、貧乏人に戻ったの？」と首を傾げた。

「その男は望んで神に願ったわけでしょう？」

シロも同意見のようで、アフロディーテに同調してうなずいていた。

「……僕には、わかる気がする」

サングラスの下で目を伏せながら、ジョーがつぶやく。

アフロディーテは、不思議そうな顔を濃くしながら腕組みした。

「名誉や地位を手に入れると……いろいろ面倒だからね。やることも増えるし、楽なことばかりじゃない。ただの人に戻りたくなることは、よくあった。お金はあっても、幸せにはなれないし」

ジョー・ジ・レモンは世界的なアーティストだった。数年前に亡くなって、今でも語り継がれる伝説。

そんな人でも、「ただの人に戻りたい」と思うことがあった。

九十九は神様の妻で巫女かもしれないが、ただの女子高生だ。彼の感覚はよくわからない。よくわからないが……理解はできた。

「それ、全然わからないわ。人間の男は、いつだって地位と名声を欲するわ。あと、女ね。それで争うこともあるじゃない。ジョーだって、欲しかったんでしょう?」

「そうだね。実際、僕は手放したいと思うことはあっても、手放さなかったね。支えてくれる人に申し訳なかったし、恩返しもしたかった。だから、貧乏人に戻りたいって願った、その男のことはうらやましい反面、愚かだとも思っているよ」

「理解できないわ……でも、人ってそういうものなのね? 面白いわ。ねえ、もう少し教えてちょうだい」

ジョーは神だが、アフロディーテとは明らかに成り立ちが違う。

神同士でありながら、完全にはわかりあえない存在だった。

でも、ジョーは率直に意見を言い、アフロディーテはそれを素直に受容している。

二人を見て、九十九は何故だか胸がしめつけられた。

こういう気持ちは、去年、小夜子と蝶姫に出会ったとき以来かもしれない。

「わがままなだけだよ。あと、これは僕っていう個人の考えだし、みんながそうじゃないと思う。古の神々《君たち》だってそうだろう？」

「まあね、いろんな神がいるわ。面白くってよ？」

「そうだろうね。生きているときは、宗教なんて信じちゃいなかったが……まさか自分が神になるとも、思ってなかったね」

「ふふ。神なんて、そういうものよ」

「理解できないな」

「そうだと思うわ」

アフロディーテはやんわりと言いながら、優しい手つきでジョーの頭に手を伸ばす。慈悲深い聖母のような表情で、アッシュブロンドの髪をなでている。ジョーのほうは照れ臭そうに視線を逸らしていた。

恋人のようでいて、母子のようにも見える。

なんだか、不思議。

「なんだ、九十九。随分と、物欲しそうな顔をしているでは――」

「あ、見てください！　蛇口みかんジュースがありますよ！」

ふと、シロと目があいそうになってしまったので、九十九は全力で話題を変えた。

なんでだろう。ちょっと恥ずかしい……いつもと違う意味で……！

「蛇口？」

「みかんジュース？」

九十九が大声をあげると、お客様たちがキョトンと目を瞬く。

城山の頂上に着くと、天守閣が見える。その手前は広場になっており、ちょっとした甘味処があった。

店先にあったのは、その名の通り――蛇口みかんジュース。

愛媛県と言えば、みかん。

そして、有名なのがみかんジュース。

「愛媛県の家庭には蛇口が二つあって、一つは水道水、もう一つからはみかんジュースが出てくるんです！」

ポカンとしているお客様二人に、九十九は胸を張って答えた。すると、ジョーとアフロディーテが「へー！」と感心して表情を明るくする。

「という、ジョークがあるんですよね」

「なんだ、ジョークなのね」

「……騙された」

アフロディーテは肩をすくめ、ジョーは心底ガッカリした表情を作った。

九十九はすかさず、店先に設置してある蛇口を指し示す。

「そのジョークを元に、開発されたのが蛇口みかんジュースです。今では松山空港にも常設されていますし、観光地やお店にも置いていることがあります。楽しいですよ？　ちょうど、喉も乾きましたし！」

九十九はお金を払ってからお店のグラスを取り、アフロディーテに手渡す。

「ふぅん……考えてあるわね」

アフロディーテはグラスを手にして嬉しそうに、ゆっくりと蛇口をひねった。

最初はポタポタと。もう少しひねると、オレンジ色のジュースによってグラスが満たされていく。

「わあ！　思ったより、楽しいわね！」

ただグラスにジュースを注ぐだけなのに。しかしながら、このわくわくは愛媛県民でも同じである。理屈などなく、楽しいのだ。

アフロディーテは満足そうに、みかんジュースでいっぱいになったグラスを両手で持って飲みはじめた。

横で見ていたジョーもサングラスを外し、海のような碧い瞳を輝かせている。九十九は、ジョーにもグラスを差し出した。

「九十九、儂も！　儂も！」

「シロ様、傀儡だし飲んでも意味ないじゃないですか。さっきの霧の森大福だって、結局、わたしが食べましたし」

「楽しいからよいのだ！　……よし、湯築屋にも設置しようではないか」

「……単純ですね」

早速、八雲に設置したいから経費をなんとかしろと迫っている。困ったオーナー様だ。

そんなシロをチラリと横目で眺めながら……九十九は一人で口を曲げる。

こんなに子供っぽくて、残念で、わがままな神様のことなんて……そりゃあ、一応は夫婦だけれど……夫婦だけど——夫婦なのに？

無意識のうちに、九十九は自分の思考が矛盾していることに気がついた。

わたし、なにが気に入らないんだろう？

松山城の建築に着手したのは、大名・加藤嘉明《かとうよしあき》である。一六〇二年から二十五年の歳月をかけて完成させた、全国に数少ない現存天守の一つだ。

春や昔　十五万石の　城下かな

明治の俳人・正岡子規《まさおかしき》の句である。

十五万石は当時としては大都市に分類された。城下町を見下ろす天守からの景色を、どのような心持ちで藩主は眺めていたのだろう。

「グゥゥレイトォォオオ！」

天守閣に登った瞬間、ずっと物静かだったジョーが急に興奮して叫びだした。アッシュブロンドの髪を激しく振り乱し、自分の曲を歌いながらエアギターをはじめてしまう。

最初は驚いた九十九だったが、もう五分もあの状態なので、そろそろ慣れてきた。流石に、天守の窓に足をかけて身を乗り出そうとしたときは止めたけれど。

「ジョーってば、高いところへ行くと興奮するのよね。お茶目さんなんだから」

「ロープウェイでは、平気だったじゃないですか?」

「頂上じゃないと駄目みたいなの」

「基準があるんですね……」

「まあ、わからなくもないわ」

「あ、そこは理解してるんですね」

城内に展示されている刀剣や兜の試着体験など、外国人が興奮しそうなものは全てスルーだったが……スーパースターの琴線はよくわからない。

「イエス！　イエス！　イエェェェェッス！」

しかし、そろそろ周りの観光客に迷惑だ。

それに、死後数年経っているとはいえ、ジョーは顔の知れた有名人。あまり長居できない。

「その辺りにしておくがいい」

空気を読んだシロが興奮状態のジョーを片手でヒョイと持ちあげて回収していく。傀儡とはいえ、大の大人をいとも簡単に持ちあげるなど、神様は本当にすごいなぁと、九十九は妙なところで感心した。

「オーマイガッ！」

「そなたも神であろうに、崇める必要などなかろうよ？」

「シロ様が的確に突っ込んでる……！」

暴れるジョーを抱えたまま、狭いお城の階段を降りていくのは、流石。

お城と聞くと、なんだか雅で贅沢な想像をしてしまうが……実際の城には、そのような要素などあまりない。

城とは本来、戦うためのものだ。

堀に巡らされた水も、ネズミ返しの城壁も、いくつもの門を潜らねばならない構造も、すべてが実戦のために存在する。

城は居宅ではなく、いわゆる、拠点。

攻め落とされないための工夫が施してあるのだ。

故に、中の通路や階段も狭く、正直なところ、動きにくい。特に階段などは傾斜も急で、ほとんど梯子であった。頭上を注意しなければならないところも多い。

九十九はもじもじと、グレンチェックのスカートの裾を左手で押さえながら、慎重に階段を降りる。すると、ジョーを抱えて先に降りていたシロと目があってしまう。

「な、なんですか」

「？　特になにも言いたいことはないが？」

自意識過剰だったかな。九十九はモヤモヤしつつも、ちょっぴり安心した。

「そのように隠すなら、ズボンを穿けばよかったでは――」

「服選び、失敗したなって自分でも思ったところなんです！　わかってますから、言わないでください！」

九十九は顔を真っ赤にしながらシロを罵倒する。シロはどうして怒られたのかわからない様子で、キョトンとしていた。

「ナイス」

シロの傀儡に抱えられたジョーが、グッと親指を立てる。標高が下がって、テンションが落ち着いていた。

アフロディーテもクスクスと笑いながら、階段を降りてくる。

「は、早く降りましょう！」

九十九は恥ずかしくなって、一番先に次の階段を降りはじめるのだった。

松山城を満喫したあとは、お客様がご所望の「恋人の聖地」――二之丸史跡庭園へ向かうこととなる。

本日の目的地は、こちらだ。

二之丸史跡庭園は一度、長者ヶ平駅の広場まで戻り、県庁裏登山道を下っていけば辿り着く。

二之丸史跡庭園は表御殿跡と奥御殿跡に大別されている。

表御殿は藩主の住居。裏御殿はその家族の住居。北側の四脚御門には、足軽などの詰所、応接座敷、書院、その他公式儀礼の間があった。

発掘作業の末に、史跡庭園として再現されて以来、松山城の観光スポットの一つとして数えられている。

「うん、いい……庭園だ」

標高が下がったせいか、ジョーもすっかり落ち着いていた。いつもの寡黙で大人しい様子で、史跡庭園の風景を楽しんでいる。

庭園の入り口には「恋人の聖地」の認定を受けた碑が立っていた。

庭園内は御殿の部屋割りの通りにコンクリートで区画が作られており、柑橘を中心とした植物が植えてあったり、水が張られた流水園がある。

純和風の日本庭園や茶室もあり、和装での結婚写真を撮影するカップルが多い理由もなずけた。

自然に囲まれた池と城山の風景が調和している。木々の間から見える茶室と、遠景の天守閣が、なんとも筆舌に尽くしがたい。

上空を飛ぶ一羽のとんびが、こちらを見下ろしているようだ。

「ぐぬ……とんびが、儂の松山あげを狙っておる……奴らは油揚げの中でも、松山あげを特に好むからな！」

シロの傀儡が勝手に、とんびへ敵意を向けていた。

「シロ様、それただのCMですから。とんびは、松山あげ狙いません」

「そうなのか？　定番ではないのか？」

「他の県では、通じないそうですよ……あと、今、傀儡だから松山あげ持ってませんよね？」

とんびに油揚げをさらわれる、という諺《ことわざ》をネタにしたCMだ。美味しい油揚げだけを狙うという意味で、松山あげをさらっていく。

ローカルCMなのだが、県民は長年見ているので無意識に印象を刷り込まれている。毎日テレビを見て過ごしていたら神様でも、こうなるのかと九十九は興味深く思う。

「ねえ、あれはなにをしているの？」

庭園散策をしていたアフロディーテが、何気なく指をさす。

身を寄せあう男女――恋人と思しき二人組が、小さな紙を覗き込んで笑いあっている。なんとも幸せそうで微笑ましく、甘い香りでも漂ってきそうだった。

「あれは、誓いのメッセージを書いているのですよ」

やや距離を置いて陰のように歩いていると思ったら、スッと要所で出てくる八雲。流石は勤続二十年の番頭の仕事である。

「もらっておきましたので、どうぞ。ペンもありますよ」

八雲はさりげなく、アフロディーテに小さなカードを手渡す。

縦に長い紙の真ん中には線が一本。左右に「　　へ」と、宛名を書けるスペースが一つずつあった。ここに、恋人の名前とメッセージを書くということだ。とてもシンプルで、わかりやすい。

「お互いへのメッセージを書いてください。提出しますと、掲示板と松山市のホームページで毎月紹介してもらえます」

「ふふ、面白そう。デザインも可愛らしいのね」

「ふうん……二人で一枚か」

お客様たちは、互いにメッセージカードを眺めたあとに、どちらから書こうかと顔を見あわせていたが、おもむろにジョーがボールペンを持った。先に書くらしい。

「若女将も」

「へ？」

他人事のようにお客様を見ていた九十九の前に、八雲が抜け目なくメッセージカードを差し出した。

九十九は思わず、八雲から視線を逸らしてしまった。だが、その先には運悪くシロがおり……メッセージカードを受け取ったまま、身体をグルリと反転させる。

「どうした？　九十九？　なにか書かぬのか？」

九十九の気を知ってか知らずか――いや、絶対に理解していない――シロは物欲しげにこちらを覗き込もうとする。湯築屋にいるシロの本体も尻尾をブンブンふっていることだろう。

「う……か、書きません！」

「何故だ？」

苦し紛れに吐いた九十九の言葉に、シロは酷く落胆した表情を見せた。

「そ、それは……こ、これ、恋人用でしょ？　シロ様とは夫婦なので、恋人じゃないから……」

「む。たしかに！　八雲、夫婦用はないのか？」

「ご夫婦で記入しても、問題ないかと」

「八雲さぁん！」

九十九は涙目で訴えたが、八雲は期待する助け舟をまったく出してくれない。

困った。とても、困った。

シロの傀儡から浴びせられる期待のまなざしが刺さる。

わたしは。

わたし、シロ様のこと……シロ様の、こと……。

「あら、ジョーったら」

サラサラと書きあげたジョーのメッセージを見て、アフロディーテが破顔した。小さく、「ええ」とうなずいたあとに、ペンとメッセージカードを手にする。

メッセージカードは同じ紙に二人で記載する様式となっていた。戸惑いなく、ジョーが書いたメッセージの横にペンを走らせるアフロディーテを、九十九はじっと見つめてしまう。

どうして、あんなに淀みなく書いてしまえるのだろう。

「九十九から書かぬなら、儂から書くか」

しびれを切らしたシロが、ひょいとメッセージカードを奪う。

「あ、ちょ……！」

カードを横取りされて、九十九はパクパクと口を開閉させる。慌てて奪い返そうとするが、シロは身長差を利用して、九十九に触らせてくれない。

助けてもらおうと、八雲に視線を送るが、ニッコリと返されるだけだった。

「はい、書けたわ。ふふ……これ、ホームページというものに載るのね。ギリシャからも見られるかしら？」

アフロディーテが得意げに、できあがった二人のメッセージカードを八雲に手渡した。

「インターネットですから、ギリシャからも見られますよ。世界は繋がっておりますので」

「便利な世の中になったわね。そんな世界だから、あたしもジョーに出会えたのかしら？」

そう言いながら、アフロディーテはジョーの腕に両手を絡みつけた。あまりに当たり前な動作であり、それが自然体のようだ。

「……お二人は……なんて書いたんですか？」

アフロディーテは、「いいわ、見せてあげる」と優美に笑う。ジョーのほうも無言でうなずいていた。

九十九はお客様たちのメッセージカードを覗き込む。

『幸せです』

それぞれの国の言葉で、たった一言、そう書かれていた。

二人とも、同じ。

「だって、伝えることも、誓うこともないんだもの」

言いながら見つめあう二人を、九十九はぼんやりと眺めてしまった。

「愛してるなんて、いつでも言っているし」

ごくごく自然に。

呼吸をするような。

それでいて、とても特別な。

そんな声音で発せられた言葉に、九十九は惹かれていた。

「愛することは、弱さを見せることで、きっと、とても恥ずかしい。それでも、僕は弱い自分を晒してでも……伝えたいときに、想いを口にしたい」

なんでもない日常の言葉のように平坦だが、流れる音楽のように美しい。心にスッと入り込む。こんな詩を語る歌があってもおかしくない。

そう思えるフレーズだった。

世界を魅了したジョー・ジ・レモンの言葉だから――いや、そんな名前などどうでもいい。

誰の口から聞いても、今の九十九には響いたに違いない。

「ワカオカミちゃんは、恥ずかしいの？」

問われて、九十九は自問する。

――人は、それを愛と呼ぶのではなくて？

宇迦之御魂神に言われたとき、九十九はなんと思っただろうか。

恥ずかしかっただろうか。

恥ずかしさも多少はあったが……なによりも、驚いた。

だって、そんなことなど今まで考えたことがなかったのだから。驚いて、慌てて……それでも、否定する言葉が思いつかなかった。

そして、九十九自身、今の自分の中にある感情を、別段、嫌だとは思っていない。

嫌ではない。

むしろ、ほのかに胸の奥が温かくなって、ちょっとだけ……元気になる。

きっと、これって、「愛」なんだって否定できないことに、九十九は自分でも気づいてしまっていた。

宇迦之御魂神の言う通り、これは「愛」だと思う。

だから……だから、自分の中に引っかかる、別の願望にも気づいてしまっている。

それがすごく醜くて、もどかしくて……そんなことを考えてしまっている自分のことが、とても嫌いだった。

「ふん、九十九。観念して、儂への誓いを書くのだ」

シロの傀儡が鼻を鳴らしながら、九十九の前にメッセージカードを突きつけた。

自分に絶対の自信を持っていて、拒絶されないことを疑っていない。

とても、神であるシロらしい振る舞いであった。

「……シロ様、なにこれ……」

書かれていたメッセージを見て、九十九は顔を引きつらせた。

『九十九は儂の嫁』

これは、ひどい……！

「己の嫁に対して、使う言葉なのだろう？　天照が言っておった！」

「シロ様、もっとマトモなこと教わっておいてください！」

「なに⁉　駄目なのか⁉」

教えた天照がそもそも悪い気もするが、この場面で、これをチョイスしてしまうシロも同罪だと思った。

本当に、この駄目神様は……と、九十九は重いため息をつく。

「はあ……」

改めて、九十九はメッセージカードを見据える。

このメッセージの隣に書くのだから、あまり真面目ではなくていい気がする。それにしても、これはひどい……うん、ひどいなぁ。九十九は、まじまじと文字列を見て肩を落とす。

そもそも、これは恋人たちの誓いを書くカードだ。

だったら、自分の抱負を述べるのがベストである。

『いい妻になります』

九十九は迷った末に、こう書いてみた。

まだまだ巫女としても、妻としても一人前とは言えない。だから、これからがんばっていきたい。そういう意味を込めて。

「ほお。それでは、九十九よ。そろそろ床《とこ》を共に――」

「調子に乗らないでください」

ノリノリで伸びた傀儡の手を、ピシャリと払いのける。肌の温もりが薄い人形の手は、やっぱり無機質な気がして好きではない。シロらしい仕草や表情をしているが、実物に比べると幾分か人間味がない。

「言いたいことは、思ったときに伝えるべきだと思うよ。あとから伝えても、遅いこともある」

九十九のメッセージを見て、ジョーがポツンとつぶやいた。

「え……？」

だが、ジョーはそれ以上のことは言わず、フラリと庭園内を歩いていってしまう。

あちらには、大井戸遺構があったはずだ。日本でも珍しい大きさの井戸で、東西に十八メートル、南北に十三メートル、深さ九メートル。防火用のため池として使用されていた。

アフロディーテやシロも、ジョーと同じ方向へ歩いていく。観光なので、次々と巡るに限るだろう。

「あとから伝えても、遅い……かぁ」

九十九だけが一人でポツンと残されて。

神様たちは嘘をついていない。

九十九だけが一人で――。

だって、言えるわけがない。

こんな自分勝手な想いを告げることなんて、できない。

5

湯築屋へ帰り、結界に入る直前。

九十九には身の毛のよだつ嫌な感覚があった。

この感じ……覚えがあるような?

「どうした、九十九？」

シロの傀儡に問われて、九十九は身震いする。

「な、なんか嫌な予感がして……」

「間違ってはおらぬだろうよ」

九十九の言葉に対して、シロの反応は「想定内」といった様子だった。その反応に、九十九は目を剥いてしまう。

「まさか、シロ様……？」

いや、まさか、ねぇ？　信じられずに傀儡を見あげるが、至極落ち着いた様子で無視されてしまった。

「身内の問題は、身内で解決させるのが一番だろうて」

この様子は……と、九十九は息をつく。

湯築屋の結界は、外界から切り離された黄昏色の空が広がる世界。

ガス灯の光とは別に、蛍の明滅が舞っていた。

「見つけたわよ、アフロディーテ。こんなところにいたのね？」

湯築屋の結界の内側に仁王立ちしていたのは、オリュンポスの女神ヘラであった。ややうしろには困った顔のゼウスも立っている。

ヘラは怒りの神気をまとっていたが、ここはシロの結界の中だ。力が制限されてしまっていた。結界の外であったなら、問答無用で我を忘れて襲いかかってきていただろう。

「お客人、よく参られた」

シロは白々しい表情でヘラとゼウスに声をかけた。いつの間にか、傀儡ではなく本物に入れ替わっている。

シロには以前、ゼウスが滞在中であることをヘラに密告した前科がある。

九十九は「やっぱり……」と肩を落とした。けれども、今回ばかりはシロの判断は間違っていないとも思う。

最初からこうするつもりで、二人の滞在を受け入れたのだと今更気づく。

もしかすると、この外出も仕組まれていたのかもしれない。ヘラが玄関先へ訪れていると聞けば、アフロディーテは絶対に宿から外へ出ない。偶然を装って、玄関先で鉢合わせるほうが簡単だろう。

「ちょっと、どうしてママがいるの？」

アフロディーテが困惑している。

彼女の隣でジョーは黙っていた。

「アフロディーテったら。ダーリンに似て浮気ばかりして！」

ヘラが言い放つと、うしろでゼウスが「さ、最近は愛人を作れておらぬ……いや、作る気はないぞ⁉」と、言い難そうに訂正する。が、怒ったヘラの眼中には入っていなかったので無視された。「朝から乾杯！」と書かれたTシャツも相まって、ギリシャ神話の天空神の威厳はなかった。

「浮気じゃないわよ。ヘパイストスとは、もう離縁しているし。だいたい、あの結婚だってママとヘパイストスが勝手に決めたものでしょう？　あたし、嫌だったのよ」

アフロディーテは平然と開き直った。

アフロディーテはゼウスとヘラの第一子である鍛冶神ヘパイストスと結婚している。しかし、そこに愛はなく、夫婦仲はよくなかった。やがて、アフロディーテは軍神アレスと浮気し、その事実を知ったヘパイストスによって罠にかけられ、結果として離縁したという逸話がある。

「そういうことを言っているんじゃないの。あなた、次々と相手を変えてばかり……少しも落ち着かないじゃない。あなたがいつ心変わりするか賭ける神までいるのよ。それも……今度は、こんな人間相手だなんて」

「あら、ジョーはもう神よ」

「屁理屈だわ」

ヘラもアフロディーテもお互いの主張を一切受け付けない。話は平行線のように続くだけだろう。

「お客様」

会話に割って入ったのは、玄関から出てきた登季子だった。

ずっと話の流れをうかがっていたのだろう。女将らしく濃紺の着物をまとった姿で、ヘラとアフロディーテの間に立った。

「黙っていないで、なにか言ったらどうです」

けれども、登季子が見つめていたのはヘラでもアフロディーテでもない。

登季子の視線を受けて、今まで沈黙していたジョーが前に出た。ジョーは二人の女神をそれぞれ一度ずつ見て、口を開く。

「僕は彼女に飽きられようが、捨てられようが構わないと思ってる」

ジョーの言葉は、九十九の予想していないものだった。

「生前から、そういう生き方だったからね。アーティストなんて、いつ、どんな理由で愛されなくなってもおかしくはない。誰の記憶からも忘れ去られても不思議じゃない……ずっと昔から崇拝されてきた神々よりも脆い存在だってことも自覚してる。だから、僕は気にしない」

アフロディーテは恋多き女神だ。その彼女と本気でつきあうには、覚悟が必要だろう。

ジョーが述べた想いが九十九の胸にも響く。

捨てられても構わない。

きっと、それはジョーの本音だ。

飾ってなどいない。

ありのままを言葉にしている。

「アフロディーテを僕にくれとは言えないけれど……彼女に僕をくれてやることはできる」

まっすぐなまなざしと言葉。

それを受けて、アフロディーテは意外そうに、そして、嬉しそうに頬を染めた。対して、ヘラは口をへの字に大きく曲げて腕組みをする。

「大した口の利きようね。他者の力を借りなければ、言いたいことも言えないくせに」

ヘラの言わんとすることを、九十九はすぐには理解できなかった。しかし、よくよく考えると辻褄があうことに気づく。

何故、登季子がアフロディーテたちを湯築屋に招いたのか。

ジョーが登季子に依頼したのでは？

その可能性に気づいて、九十九はシロを見あげた。シロは九十九の意図を読み取ったのか、黙ったまま視線で応えた。

シロは最初から知っていたようだ。

湯築屋の結界では、いかなる神も力を制限される。

外ではヘラが怒りを露わにしてしまい、会話にならないのだ。以前に勘違いから九十九が襲われたときも、こちらの話をまったく聞かなかった。直情的ですぐに神気を荒げるヘラと話すためには、相応の場所が必要だ。

湯築屋ならば、落ち着いて話すことができるため、女将である登季子が場を用意したというのが真実だろう。シロもそれに加担した。

「言いたいことを言わせてあげるのも、親の務めではないでしょうかね。お客様」

納得のいっていない様子のヘラに、登季子が言った。

登季子に促される形で、アフロディーテが口を開く。

「ママには、あたしがパパみたいに浮気しているように見えるかもしれないけれど……あたし、いつも真剣なのよ」

パパみたいに、と言われた瞬間にゼウスが「ぐ……」と苦い表情をするが、誰も気にせず話が進む。

「アレスだって、アドニスだって、みんな本気で好きだったのよ。今はジョーのことが好きだし、飽きたり捨てたりするつもりもないわ。これは正直な気持ちよ。ジョーがこれだけ想ってくれているんですもの。あたしだって、応えるつもり」

アフロディーテは自分の胸に手を当てながら、ヘラへの言葉を紡ぐ。

「逃げてごめんなさい……本当は、あたしがしっかりとママに言わなければならなかったのだわ」

　アフロディーテは穏やかな表情で、ジョーの手を取った。

「あたしも意地になって、ママの顔も見たくなかったから……きっと、あなたを困らせたわね。オカミたちにも、迷惑かけちゃった」

　アフロディーテの謝罪に、ジョーは手を握り返していた。

　二人の様子を見て、ヘラは困ったように息をついている。

　先ほどまでの怒りは薄れたようだ。アフロディーテたちの話を聞き入れてくれたのだと思った。

「さあさ、お客様方。立ち話もなんですから、どうぞ中へお入りくださいな。美味しいお料理と居心地のいい部屋、道後の湯を堪能できる浴場をご用意しておりますよ」

　登季子は笑って、お客様たちに湯築屋の建物を示した。

　女将の言葉を待っていたかのように、中からトトトッとコマが現れて「いらっしゃいませ、ゼウス様、ヘラ様。そして、おかえりなさい、アフロディーテ様、ジョー様っ！」とお辞儀をした。

　ぼんやりとしていた九十九は、出遅れてしまう。

「さて、がんばりますか。若女将」

　八雲が笑いかけてくれたので、九十九も「はい！」と元気よくうなずいた。

蛍の光がゆらゆらと。

規則性なく、飛んでいく。

あの光は、雄の求愛行動らしい。雌の気を引くための光だ。自然界では珍しくなく、雌よりも派手な生き物は多い。

と言っても、ここ湯築屋の結界の中に存在する蛍はただの幻影。雌の気を引くために光っているわけではない。葉の上で雄を待つ雌も存在しない。

そこにあるのは、只々綺麗で、夢のような光景だけ。

なにもないこの湯築屋の結界で、四季を象徴するためだけに存在している夢だ。

窓の外の光をぼんやりと見つめながら、九十九は頬杖をついている。

目の前に広げられた数学ドリルは半分ほどで投げられていた。ノロノロと解答を書き込んではいくが、身が入っているとは言えない。

ちょっとした騒ぎになってしまったが、アフロディーテたちは仲睦まじく一緒に食事を摂り、湯築屋に宿泊している。

最初は憤怒していたヘラだが、ゆっくりと娘やその恋人と話すことができて、わだかまりが解けたようだ。

最終的に満足してもらえて、九十九も気分がよかった。

それにしても、最初からすべて仕込んでいたのなら、若女将である九十九には話してくれてもよかったのに、と思わなくもない。登季子とシロだけで解決するなんて、ちょっとズルい。

しかしながら、流石は神様たちとの交渉や対話に長けた女将だと思う。九十九には、こんな解決の方法は思いつかなかった。

「若女将」

部屋の襖《ふすま》が少しだけ開き、声をかけられる。

九十九は「はいっ」と肩を震わせて、急いでシャーペンを手にした。別にサボッていたわけではないが、真面目に勉強していなかったとも思われたくはない。

襖が開くと、八雲がスッと入室した。

手にした盆には、冷たい麦茶と羊羹《ようかん》が載っている。

「薄墨《うすずみ》羊羹です。お勉強がんばってください」

「ありがとうございます！」

薄墨羊羹は九十九の好物の一つだ。

上品であとを引かない甘さや、コクの深さが癖になる松山銘菓である。特に九十九は黒糖味が好きだった。

「――先日のことですが」

盆を九十九の机に置きながら、八雲はおもむろに口を開いた。

九十九は、すぐになんのことだかわかってしまう。

——強いて言えば、うらやましい……でしょうか。

気まずい。

それなのに、八雲はなんでもない世間話のように。

「本当は、こういうことを言うのは、あまり好ましくないと思っているのですよ。ただ、若女将には後悔してほしくないので」

「あの……」

八雲は優しい笑みのままだ。

彼には好きだった人がいた。でも、想いを告げないまま、その女性は別の人と結婚したと言っていた。

その人には元々決められた相手がいて——ふと、彼が好きだったのは、湯築の巫女だったのではないかと思い至ってしまう。

けれども、話に矛盾がある。先代の巫女は八雲よりずっと年上だ。もう亡くなっている。考えられるとすれば、巫女になるほどの力を持ちながら、シロとは結婚しなかった——登季子で……しかし、登季子は生まれつきアレルギーで、シロとは結婚できなかったはずで……。

たぶん、違う。

違うと思っているのに、どこかで確信してしまった。

「想いは留めていても、理解はされませんよ」

自分は後悔したから。

そう、言葉のあとにつけ足されている気がした。

「八雲さんが昔好きだった人って——」

お母さんだったの？

問いかける前に、八雲は笑顔を作ったままスッと唇に人差し指を立てた。

「受験勉強の邪魔をしてしまいましたね」

きっと、八雲は後悔したのだ。

今でもずっと。

九十九は、もっと話を聞いてみたい衝動に駆られたが、あえて口を噤んだ。これ以上、聞くのはよくないし、いいことにはならないと本能的に悟ったからだ。

九十九が抱えている想いは、八雲が抱えた後悔に比べると、幼いものかもしれない。もっと単純で、馬鹿らしいことのように感じてしまう。

けれども、きっと同質のものだ。

吐き出してしまいたい。

でも、伝えたところで、どうにもならない。

だって、シロは神様だから。

九十九は、ジョーのように「捨てられてもいい」だとか、そんな献身的な気持ちにはなれなかった。

あんな美しい言葉なんて、出てこない。


シロ様から、愛されたい。


代々娶ってきた湯築の巫女としてじゃなくて。

神様の妻としてじゃなく。

わたしだけ、なんて……そんなわがまま、言えるはずなかった。

憶．女将のたしなみ

1

道後の温泉街にたたずむ一軒のお宿。

湯築屋は多くの神や妖を相手にする不思議な旅館であった。

そんな旅館で海外の神々を相手に営業を行うのが、女将・湯築登季子の仕事だ。

一口に神と言っても曲者揃い。性格が一筋縄ではいかないだけではなく、人里離れた秘境に住んでいることもあった。

今回、お客様として連れ帰ったインド神話のシヴァ神に会うのも大変に苦労した。

なにせ、シヴァはヒマラヤ山脈にあるカイラス山の洞窟に住んでおり、普通の人間ではなかなか辿り着けなかったからだ。

宗教的聖地のため、日本人である登季子は入山するだけでも、神気を使用して細工をする必要があった。現地ガイドとともに山へ入り、そこから先は結界に阻まれ隠された崖を一人で登った。

おまけに、待ち構えていたシヴァはえらく好戦的な性格。登季子を試すために、眷属と一騎打ちの決闘をさせられた。なんとか死なずに乗り切ったが、そこから、宿の売り込みトークからはじめなければいけないため、骨が折れる。

同じインド神話の神でも、ヴィシュヌのときはここまで大変ではなかった。

「ただいま、つーちゃん」

山あり谷ありの営業をしていると、ついつい九十九への連絡を忘れてしまう。

九十九は、いつものようにひょっこり湯築屋へ帰ってきた登季子を見て驚きつつも、慣れた様子で頭を下げてくれる。

「おかえりなさいませ、女将。今回は早かったですね」

「それなりに大変だったんだよ……さあ、お客様をお出迎えしておくれ」

登季子は玄関の外を示した。

「今度はどちらのお客様ですか？」

「インド神話のシヴァ神だよ。ちょっと血の気が多いけど、気前のいい神様さ」

快活に笑う登季子の一方で、九十九はキュッと表情を引き締めた。我が娘ながら、いい顔だ。これなら、今回も安心して接客を任せられる。

お客様の対応を九十九に委ね、登季子は玄関へあがる。

ひとまず、営業としての仕事は一区切りついたため、温泉でも堪能して休もうと思う。

「おかえりなさい、登季子。営業大変だったでしょう？」

登季子が疲れてジャケットを脱ぎ、肩を回していると、おっとりとした声。

湯築屋の仲居頭で、登季子の姉でもある碧だった。碧は登季子の疲労を気遣ってか、荷物を持ってくれる。

碧は湯築家に生まれたが、神気は扱えない。そのため、姉妹でありながら彼女は湯築の巫女候補とはなり得なかった。

「今回は、どのくらい滞在するの？」

「決めてないけれど、あまり長居はしないつもりだよ。次は北欧にでも行こうか」

「ゆっくりすればいいのに……幸一さんや若女将だって、寂しいと思うわよ」

そう言われると、チクリと胸を痛みが刺す。

登季子は無意識に、玄関で接客する九十九のほうへ視線を向けてしまった。

九十九は荒々しいお客様の言動に少し戸惑いながらも、笑顔で対応している。

「……あまりシロ様に甘えるわけにもいかないからね」

そう言いながら、登季子は廊下の奥へと歩く。

「そうは言っても、シロ様がお認めになったのよ。気にする必要、ないんじゃないかしら？」

碧は心配そうに、けれども、軽々しくそんなことを言う。

登季子にはその言葉はとても無粋で、無神経なように思われた。

ただ、言っている本人や、聞いている周りの人間は決してそうは思わないだろうということも理解している。そして、登季子が意固地だという自覚もあった。

だから、あからさまに不機嫌を表情に乗せることができず、困ってしまう。

「まったく、どうして男はこういう女が好きなんでしょうね」

碧は呆れたように息をつく。

登季子には、ちょっと意味がわからなかった。面白い場面でもないだろうに。

「男に好かれたって、浮気する予定もないし……お客様に好かれるのなら、大歓迎だけどね」

「きっと、そういうところなんでしょうけど……鈍すぎよ」

「なんのこと？」

逆に問うが、碧は教えてくれるつもりはないらしい。登季子は面白くなくて口を曲げた。

自分の行為は多くの人に迷惑をかけた。実際に責められもした。

だが、咎《とが》められることはなかった。

「姉さんには、わからないよ」

たぶん、誰にも。

それでも、譲るつもりはなかったし、後悔もしていない。

碧から荷物を取り上げて、登季子は母屋の自分の部屋へ向かった。

♨　♨　♨

湯築登季子は類まれな神気の才能を有していた。

神気の強さもさることながら、本能的に神気を扱うという技術に長けている。巫女として本格的に修行を積む前から、その素養があったのだ。器用であるともいう。湯築の人々にとって、彼女が巫女となることに異論はなかった。

代々、巫女の継承はよほどの理由がない限り、次代の巫女が選ばれたときに行われる。先代が亡くなったり、神気の強い女児がいない場合はこの限りではないが、おおむね同じであった。

しかし、登季子の場合は猶予があった。

現代社会では学業を修めるという義務があり、修行が追いつかないのではないかという危惧があった。

そのため、登季子の叔母であり、当時の巫女であった湯築千鶴《ちづる》は登季子が二十歳になるまでは継がせないと宣言したのである。

これは生まれたときから巫女を継いだ千鶴の実体験より、登季子には同じ苦労をさせまいという優しさであった。もちろん、巫女、そして、神の妻となるための契りは結んであるが、いわゆる、婚約の状態だ。

登季子も物心ついたころから、湯築の巫女を継ぐのだと思っていた。

もちろん、稲荷神白夜命の妻となることに疑問を感じたこともなかった。

ずっと、そう思って過ごしていたので、そうではない未来など予想したことがなかったのだ。

誰かに恋をするなんてことも、考えたことがなかった。


「なにこれ、美味しい……！」

初めて気持ちに変化が訪れたのは、登季子が高校三年の春だった。

「ねえねえ、これ、あたしにも作れる？」

登季子は初めて訪れた小さなフレンチの店で、厨房に向かってそんな問いを投げていた。

昔から行動派で落ち着きがないと評されていたが、あとで思い返すと自分でも突発的であったと思う。

同時に、あのとき食べたビーフシチューは本当に美味しかったという記憶がある。

「いいですよ」

ふんわりと柔らかい笑顔で答えてくれたのは、当時、そのレストランで働いていた青年だった。

名前は橋田《はしだ》幸一。

一家でフレンチレストランを経営しており、幸一は中学を卒業したあと、実家を手伝って修業をしていた。

「本当？　ありがとう！」

登季子はそのときから、小さなレストランの厨房にお邪魔しては、働いている幸一に料理を教えてもらっていた。

無論、当時は巫女を継ぐ前で、若女将だったため、湯築屋の業務もしっかりこなしながらだ。

「お肉に焼き目がついたら、赤ワインを注いで。だいたい半分くらいの水分量になるまで煮詰めるんだ」

「へー、時間がかかるんだね？」

「料理は手間と愛情を惜しまないこと。丁寧に作れば、食材は応えてくれるから」

幸一はふわっと笑って、作り方を実践してくれる。登季子はそれを眺めて、ときには自分で食材を調理した。

「食べてもらいたい人のことを考えるんだ。お客様にお出しするときは、その人が喜んでくれる姿を想像する。そうすれば、料理はちゃんと美味しくなるから」

「食べてもらいたい人、ねぇ……？」

若いのに、幸一の腕は一級品だと登季子は思っている。

彼の作る料理は魔法のように、いつもキラキラと輝いていた。

ほとんど毎日通っていたが、幸一はいつだって受け入れてくれたし、登季子もそれが嬉しかった。彼の作る料理は綺麗で、美味しい。

しかし、いつしか。

料理ではなく、優しく迎え入れてくれる幸一のふんわりとした笑みが楽しみなのだと気づき、登季子は戸惑った。

登季子は湯築屋の次期巫女だ。

二十歳になったら巫女を継ぎ、主たる稲荷神の妻になる。

それ以外の選択肢なんて、今まで頭の中にはないものだった。

「まだ早いって思うんだけど……」


それは二十歳になる少し前。

ある日、いつものようにお店へ行って美味しい料理を食べていると、幸一が顔を真っ赤にしながら登季子の隣に座った。

今まで、ふんわりと春風のように笑う印象しかなかったため、そのときは結構驚いたと思う。

「トキちゃん、結婚してください」

声を上ずらせながら、幸一は登季子の前に小さな箱を差し出した。

紺色の小箱から、プラチナの指輪が現れて、登季子は更に目を丸くする。幸一はまだ若くて、あまり稼いでいないはずなのに、小さめのダイヤモンドまでついていた。

これ、婚約指輪だ。

登季子は口元を手で覆う。

幸一は知らなかった。

登季子には、もうすでに決まった結婚があるのだと。

告げなければならない。

それなのに。

「え、え……ごめん、トキちゃん。いきなり、ごめんね」

登季子は、その場で泣き崩れてしまった。

そんな登季子を見て、わけのわからない幸一は狼狽してしまう。

「ごめん、トキちゃん。つきあってもいないのに、いきなり結婚指輪なんて、その……気持ち悪いよね」

「ちがう……違うの」

登季子は否定の言葉を口にしながら、顔を両手で覆った。

本当は、こんなことを思ってしまうのは、駄目なのに。

「嬉しくて」

嬉しくて、つい。涙がこぼれた。

本当は、もっと別の理由で謝らなければならないのに。

「ごめんね、コウちゃん……でも、ありがとう……」

登季子は堪らなくて、泣き崩れたまま顔をあげることができなかった。

そのままの勢いで、自分が湯築の巫女になること、神の妻となることを告げる。

神職でもない只人である幸一にとっては理解し難い話もたくさんあったと思うが、黙って聞いてくれた。

「だから、あたしは……その……他の人と結婚は――」

結婚はできない。最後にそう言おうとして、言葉が詰まった。

自分が結婚したいのは、誰だろう。

「ごめん」

一言。そう言って、登季子はお店から逃げ出してしまった。

どうしよう。

いや、どうするかなど、決まっている。

もう幸一には会わないほうがいい。ただそれだけだ。あのレストランには、もう二度と近づかない。それだけでいい。

「どうされたんですか？」

泣き顔のままでは帰るに帰れない。そう思って、近くの湯神社で時間を潰している登季子の背に、声がかかった。

思わず泣き顔のままふり返って後悔。

「八雲？　なにしてるんだよ……」

「ええ、それはこちらのセリフです」

アルバイトの八雲だった。いずれは東予にある実家の神社を継ぐようだが、今は松山の大学に通うため、湯築屋に住み込みをしている。

誰にも見えないよう、境内の裏手にいたはずなのに……しかし、八雲の性質を思い出して登季子は頭を抱える。

神気を扱うと言っても、向き不向きや性質が存在する。登季子のように神の力を借りる巫女であったり、鬼を使役する鬼使いであったり。

八雲の場合も登季子と同じく神の力を借りて気を操っている――彼の場合は志那都比古《しなつひこ》神《のかみ》、つまり風神の加護がある。いつも風が周囲の情報を届けてくれるのだそうだ。

故に、八雲にはたいていの隠し事は通用しない。今回も、きっと風から聞いて登季子を見つけてしまったのだろう。

「……ズルい」

「いや、いきなりそんなこと言われましても」

困った八雲は頭を掻き、思案した末に登季子の隣に腰を下ろした。

登季子としては、さっさと帰ってほしかったが、彼の性格上、そうもいかないのだろう。小さいころから、なんだかんだと世話を焼いてくれる。

だから、自然と問いが口から漏れてしまう。

「ねえ、八雲。あたし、結婚しなくちゃいけないかな?」

おもむろにそう言うと、八雲は予想通りに心底困惑した表情を浮かべた。やっぱり、そうなるよね。と、登季子は俯いた。

「なにかありました?」

「……神様の巫女なのに、他に好きな人がいるのは変、だよね」

「え⁉」

八雲の顔が思った以上に驚いていた。

いつも落ち着いた物腰の彼からは、ちょっと想像できない、少し面白い表情だった。笑ったりなどはしないけれど。

「ごめんよ。やっぱり、変だね……忘れてくれると嬉しいな」

湯築の巫女がシロと結婚しないなど、ありえない。

それはずっとずっと常識として営まれてきたことなのだ。登季子だけがわがままを言えるわけがない。

「おかしくはないですよ」

この話はやめて、幸一のことは忘れよう。

無理やり割り切ろうとする登季子の隣で、八雲はやや力強く言った。

いつも大人しくて優しい彼にしては、珍しい。

「人ですから……おかしくはないです」

おかしくない。

瞬間に、スッと胸が軽くなる。

自分は湯築で、稲荷神の妻となる身。他の男性に好意を抱くこと自体が間違っている。

そう思い込んでいた。そういう生き方しか知らなかった。

だから、これは普通なのだと言われると戸惑う反面、すごく落ち着いてしまう。

きっと、それが普通なのだろうと思えてくる。

「変じゃない、かな?」

「ええ」

「そもそもさ……一般的に考えたら、湯築の家が変なのかも?」

「ええ、まあ。神職でもないと理解されませんよね」

「じゃあ、向こうには変だと思われてるかも……神気もないし」

「え？　あ、ええ？」

プロポーズされたのにいきなり泣きはじめ、神様とか巫女とか、わけのわからないことを言って逃げる女なんて変人以外の何者でもない。今更、そう思ったが、もう遅い。

悶々としていると、フッと二人の間をかすめるように、風が吹く。

「はい？」

八雲のもとに報せが入ったようだ。

しかし、八雲は難しそうな顔で、宙に向かって聞き返している。

「……湯築屋に、若女将を出せと妙な人間が乗り込んできたそうですが……？」

ちょっと意味がわからない。そう言いたげな八雲を放って、登季子はその場から駆け出していた。


普段は人を寄せつけない湯築屋の前には、珍しく何人かの影が見えた。

先頭に立っているのは、登季子の姉の碧だ。何故か、臙脂の着物を襷《たすき》掛けして薙刀《なぎなた》まで持っていた。物騒すぎる。

碧の隣には、女将の千鶴が立っていた。

そして、湯築屋の外で活動するために使用するシロの傀儡。その他、従業員。

対峙しているのは、エプロンをつけた青年──幸一が一人だけであった。

その光景を見て、登季子は息を呑む。状況がわからない。なにが起こっているのだろう。

そんな登季子など置いて、事態は進展していく。

「トキちゃん……登季子さんに会わせてください！　ここの若女将だと聞きました！」

幸一は普段のふんわりとした笑みなど欠片も感じさせない真剣な表情で叫んでいた。それを聞く湯築屋の面々は渋い顔だ。

「僕を雇ってください。料理なら覚えがあります。専門は洋食ですが、和食も作れます。必要なら、修業してきます！」

これは、どういう場面？　登季子は混乱を極めたが、なんとか坂を登って湯築屋の前まで近づいていった。

「なにを言っているの。順序立てて話してくださいな」

碧が物騒な薙刀を幸一に向けて突き出す。もちろん、脅しだとわかっているが、登季子は案外武闘派の姉を止めようと、地面を全力で蹴って走った。

「ストップ！　ストップ、姉さん。流石に危ないから、そういうのは仕舞って！」

幸一を庇《かば》うように登季子が前に出る。

現れた登季子を見て、湯築屋の従業員たちは唖然としている。

「トキちゃん……」

幸一に呼ばれて、登季子はゆっくりとふり返る。

お店のエプロンをつけたままだった。厨房の長靴を履いている。辛うじて、コック帽だけは置いてきているけれど……いや、どこかで落とした可能性もある。

登季子が逃げたあと、追いかけてきたのだとわかった。

ああ。

大変な場面のはずなのに。

どうしてか、心の奥がホッと温まる気がした。

幸一に指輪を渡されたときと同じ。嬉しいのだと登季子は思い至る。

「僕は……トキちゃんの答えを聞きにきたんだ。このままじゃ、もう会えない気がしたから」

登季子はまだ幸一のプロポーズに答えていなかった。答えないまま、姿を消そうと考えていた。

そうする必要があるから。

いいや、違う。そうするのが楽だったから。

仕方がないと理由をつけて「答えを出さない」ことは、楽なのだ。だって、目の前の問題から逃げられるのだから。

少なくとも、登季子は逃げようとしていた。そのまま逃げて、幸一が登季子のことを嫌いになってくれればいいとすら考えていた。

「あたしは」

息を多めに吸うと、少しだけ頭の中が楽になった。

上手くまとまっていなかった考えが整理されて、霧のように邪魔をしていた言い訳が消えていく。

困惑している湯築屋の従業員たちに背を見せ、幸一のほうへ向き直る。

「コウちゃんから指輪を見せられて……素直に嬉しかったんだよ」

うしろから、「指輪⁉」と声があがる。

「……受け取りたいと思ったの」

受け取ることはできないのに。

緊張していた幸一の表情が、みるみると緩んでいく。ふんわりとした春風のような、彼の作る料理の味にも似た、とても柔らかな笑みになっていった。

登季子が大好きな顔だった。こちらまで自然と表情が明るくなってしまう。

でも、と。

登季子は再び気を引き締めた。そして、信じられないと言いたげな湯築屋の従業員たちのほうを向く。

シロの傀儡は感情がよくわからない面持ちでこちらを見ていた。

「あたしは……できない」

登季子は言葉を絞り出した。

「シロ様のことが嫌いなわけじゃないです。巫女が嫌なわけでもない……でも、それ以上に……欲しいものができました」

恐る恐るシロに視線を向ける。

シロは腕組みしたまま、登季子の言葉を聞いていた。

碧は「ちょっと、登季子！」と再び薙刀を構えそうになっている。女将は驚いているというよりも、怒っているように見えた。

「だから、できないよ。あたしは……シロ様の妻になることは、できません」

そう言った瞬間に碧が幸一を突き殺す勢いで薙刀を繰り出したので、登季子は慌てて神気で刃を弾いた。碧には神気が操れないため、簡単に刃は阻まれる。

「登季子」

女将がようやく口を開いた。現在の湯築屋の女将であり、シロの妻——登季子の叔母に当たる人だ。

勝手は許さない。言葉を発する前から、そういう圧力のようなものを感じた。

「貴女はすでに稲荷神との契りを済ませています。二十歳までは巫女を継がず、妻とはならないというのは、ひとえに稲荷神のご慈悲です。本来なら、今ごろ、貴女は巫女なのです。それをわかっていて、そのような妄言を吐くのですか？」

厳しい論調だったが、その通りだ。登季子は女将の言葉に、なにも言い返すことができなかった。他の湯築屋の従業員も、同じ意見のようだ。

「それでも……」

もしかすると、追放かも。そんなことも、頭を過った。

当たり前だ。シロだって怒っているはずだ。登季子のしていることは、裏切りとも呼べるのだから。

「よい」

女将に同調するように周囲がざわめく中、水を打つような一声。

「よい。好きにするがいい」

シロの言葉一つで、シンと静まり返る。

誰もが開いた口が塞がらないようだった。シロだけがなんともない涼しげな様子のまま、指で顎《あご》をなでている。

「登季子はよい巫女になる。残念には思うが、無理強いするのも儂の主義ではないからな。妻にならぬと言うのなら、儂は次の妻を待てばよい。幸いにして、まだ当代の巫女はいる。焦らなくとも、よいのではないか？」

シロはいつもとなにも変わらない口調で述べた。さも当然のように。

「儂は赦すよ」

シロの出した結論に動揺したのは湯築屋の人間だけではない。登季子も同じだ。事情をあまり理解していない幸一だけが、「よくわからないけれど安心していいの？」と、身の置き場がないようだった。

湯築の家において、最も発言力があるのは女将である千鶴だ。だが、主であるシロが「よい」と言えば、それは絶対であった。

2

昔のことを思い出すなんて。

それも、わがままな若いころの思い出だ。

湯船から立ちあがりながら、登季子はため息をついた。そのまま脱衣場で身体を拭いて、ラフな服を着たら母屋へと戻っていく。

どうしても、営業から湯築屋へ帰るたびにこういった感傷に浸ってしまう。

結論から言えば、登季子と幸一の結婚は認められた。

シロとは幼いころ、将来夫婦となる契りを結んでいたが、まだ正式なものではなかったからだ。

幸一は婿という形で湯築屋に迎えられ、最初は厨房に雇われる運びとなる。元々、料理全般は得意であったため、幸一はすぐに厨房でも活躍するようになった。これには当時の厨房も驚きだったという。

ただ、湯築屋で働いていた従業員や親戚の中には、登季子のことをよく思わない者も少なからずいた。そのとき、やめてしまった従業員もいる。

代わりに、何故か八雲は大学を卒業しても実家へ帰らず、今でも湯築屋で働いてくれているのでありがたい。

女将の千鶴は大変怒ったが、最終的には登季子を許した。そして、次の巫女が生まれて成長するまで、自分が巫女を続けると言ってくれたのだ。

――あなたは自分の道を選んだのだから、これからは自由に生きなさい。

そう言ったことを、登季子は忘れない。

逆にそれが、今の自分の枷《かせ》になっていることも。

九十九が生まれたとき、登季子のときのように千鶴は巫女を続けると言ってくれた。

だが、働きすぎだったのだろうか。すぐに脳梗塞《のうこうそく》で呆気なく亡くなってしまった。結果として、九十九は生まれたばかりで巫女となることを強いられたのだ。

登季子は選ぶことができた。

しかし、自分の子には、選択させてあげられなかった。

たしかに、元々は生まれたときより、巫女を継ぐことが正しい。けれども、自分には与えられていた権利を、娘にも与えてやれないのは不公平だとも思っている。今、旅館の従業員数が最低限であるこの状態も、元を辿れば登季子が招いたことだ。

九十九は、こんな登季子をどう思うだろう。

わざとらしいアレルギーの振りなどして誤魔化しているが、本当のところは怖いのだ。

九十九から責められるのではないかと、今でも思っている。

碧の言う通り、考えすぎかもしれない。しかし、どうしても、湯築屋に長く帰ることは、自分が許せなかったのだ。

海外の顧客をたくさん獲得して宿が更に賑わえば、登季子に愛想を尽かせた従業員が帰ってくるのではないか。九十九も許してくれるのではないか。そんな甘いことばかり考えてしまう。

本当は――。

「あれ？　お母さん、ご飯作ってる？」

元気のいい声が母屋の中に響いた。

九十九の声だった。休憩か、なにかを取りにきたのだろう。とんっとんっと、軽快な足音がこちらへ近づいていた。

「お母さん？」

そう言いながら、ひょっこりと九十九の笑顔が飛び出してきた。

本人に自覚はないと思うが、九十九は嬉しいとき、足どりが「ひょこひょこ」している。感情がすぐに表に出るタイプだった。

「ああ、これ？」

登季子は何気なく調理をはじめていた手元の食材に視線を落とす。

分厚い赤身肉のブロックである。塩胡椒をふり、乾燥ローズマリーを擦り込んでいるところだった。このあと、フライパンで赤ワインと一緒に煮込む予定になっている。

「ビーフシチュー！」

登季子が言わずとも、なにを作ろうとしていたのか察して、九十九はパァッと顔を明るくした。本当に嬉しいのだろう。美味しいものを食べるときは、表情が明るくなる。

「お母さんのビーフシチュー、好きだよ」

九十九はトトッとその場で足踏みする。ちょっと飛び跳ねたい気分になったが、着物を着ているので上手くいかなかったのだ。娘の気持ちがなんとなくわかって、登季子のほうも頬を緩めた。

「まだまだ時間がかかるから、お客様のおもてなしを頼んだよ」

「できれば、今食べたいけど」

「手間と愛情を惜しまないこと。これがうちのビーフシチューさ」

いつか、幸一に教えてもらった通り。

登季子は自然と笑いながら、九十九に答える。

「お母さんが毎日、作ってくれたらいいのに」

九十九は本当に屈託のない笑みで。

しかし、何気なく。

軽快にキッチンから出ていく。

とっとっとっと、階段を昇る音が響いた。

風のように去った娘の笑顔は、甘えた登季子の心情など知らず。それなのに、ほんのりと温かい気持ちになってしまう。

本当は――あんな笑顔をずっと見ていたい。

そんな気持ちにさせられる。

終. 郷土の宴を共に

新しいお客様をお迎えするのは、楽しい。

とはいえ、湯築屋は神や妖の訪れる宿屋である。故に、訪れるお客様は一癖も二癖もあった。

特に営業担当である女将の登季子が連れてくる海外のお客様のおもてなしには、いつも頭を悩ませる。

「よし。行くよ、小夜子ちゃん！」

九十九は肩を回し、着物を襷掛けにする。

「う、うん……緊張するけど」

小夜子が不安そうにうなずいた。しかしながら、ここはお客様のためだ。きちんと理解しており、拒むことはなかった。

「がんばりましょう、若女将っ！」

足元で、コマがピョコピョコ飛び跳ねる。九十九や小夜子と同じように着物の袖を襷掛けに結んで気合を入れていた。

「何年ぶりでしょう。高校のとき、クラスで参加した松山まつり以来でしょうか？」

仲居頭の碧も肩をぐるんぐるん回していた。まるで、戦う前である。

碧はこう見えても剣道で全国制覇した経歴がある。その他、薙刀、柔道、空手と目ぼしい武術は網羅しているとか。

「これが終わったら、みんなでお母さんの作ったビーフシチューを食べましょう」

登季子が母屋のキッチンで用意してくれているビーフシチューを思い浮かべて、九十九は表情を引き締める。このおもてなしが終わったら、美味しいご飯が待っている。そう思うと、俄然、やる気が出た。

登季子が湯築屋に滞在することは少ない。帰ってきても、幸一の賄いがあるため、あまり料理をすることもなかった。

けれども、時折作ってくれるビーフシチューの味が九十九は大好きだった。元はフレンチの料理人だった幸一に教えてもらったと言っていたが、幸一のものとは味が違うように思う。

だから、九十九にとって登季子が作るビーフシチューはちょっと特別で、ちょっとしたごちそう。

「行きましょう」

九十九は勇ましく気合を入れて、客室の襖を開いた。

中には、今回のお客様であるインド神話の破壊神シヴァがあぐらをかいて座っていた。

灰を塗ったような肌や、額の間にある第三の眼は神話通り。美麗な顔に反して切れ長で鋭いまなざしは、破壊と再生を司る最強神に相応しいと言えた。

隣には酒を共にしているシロ。

手にした杯には、日本酒。

皿に盛りつけられているのは、大量の柴漬け。膳についていた香の物が大変気に入ったらしく、酒の肴にと求められたのだ。

「待ちくたびれたぞ。早く我を愉しませろ」

シヴァは柴漬けをポリポリ齧《かじ》りながら、挑発的に口角をつりあげた。

「もちろんです、シヴァ様。この土地で一番楽しい舞をご所望ということで……今から、野球拳をします！」

九十九が宣言すると、いつの間にかシロの手元に三味線が現れていた。そして、打ち合わせ通りにテンツクテンツクと曲を奏ではじめる。

曲にあわせて、九十九と小夜子、碧が踊りはじめる。遅れたコマが慌てて、必死に両腕を上にあげた。九十九を見ながら、なんとか動きをあわせようとしている。

シヴァはインド神話の破壊と再生の神であるが、同時に舞踏の神でもある。荒々しい性格だが、実は賑やかな席も大変に好きであった。

今回の注文は、「この地で最も盛りあがる舞踊を見せろ」だった。

最初は主であるシロとの決闘を望んでいたが、結界の中では神気が制限されてしまうことや、シロが外界に出ることができないことを知り、注文を変えたのだ……本当によかった。

「野球するならこういう具合にしやしゃんせ♪」

「投げたらこう打って、打ったらこう受けて♪」

野球のポーズが取り入れられた振りを順に繰り出す。

野球拳の発祥は松山である。

一九二四年の実業団野球大会で負けた伊予鉄道電気の選手たちが残念会で披露した宴会芸がはじまりだった。

「アウト！　セーフ！　よよいのよい！」

全国的に広く知られる野球拳では、ここでジャンケンを行い、負ければ服を脱ぐ。しかし、本来の野球拳ではこのタイミングは、「最初はグー」の扱いだ。双方、グーを出すのが決まりだった。

「ジャンケンポン！」

掛け声とともに、九十九と小夜子がそれぞれグーとチョキを出した。

九十九の勝ちである。

「へぼのけ、へぼのけ、おかわりこい♪」

歌にあわせて、負けた小夜子がうしろに下がり、今度はコマが九十九の前に立つ。「へぼ」とは、伊予弁で「下手」という意味だ。

曲が繰り返し、今度は九十九とコマがジャンケンをする。コマは小さな腕をブンブンふり回して気合を入れるが、勢い余ってステーンとうしろ向きに転んでしまった。

バラエティ番組をきっかけに、ジャンケンに負けたら服を脱ぐゲームとして広まったが、本来の野球拳は脱がない。

八月に行われる松山まつりでは、社会人や学生の団体が野球拳を踊って練り歩くイベントが目玉の一つになっている。ロック調や民謡調のアレンジも存在し、野球サンバまであった。

「呵呵《かか》！　これは、なかなかどうして愉快だな」

九十九たちが真剣な顔で野球拳をしていると、シヴァも興味を示したようだ。柴漬けを食べるのをやめて、こちらへ近づいてくる。

「愉快、愉快。舞踊でありながら、勝負でもあるのか。我も混ぜるがいい」

思ったよりもノリノリで食いつくシヴァに、九十九はジャンケンのルールを教える。

「九十九、儂も野球拳したいぞ」

「シロ様も野球拳に混ざったら、伴奏がいなくなるじゃないですか」

「楽しそうなのに儂だけ見ているのは、つまらぬ。あと、妻が脱がなくともいいように、

「本来の野球拳は脱がないから大丈夫ですってば！」

話を聞かず、シロは九十九の肩に触れようとする。九十九は反射的にその手を払おうとするが、それはそれで気まずいような感じがして身が硬直した。

前に、シロを信じられなくなって、彼との距離感がわからなくなった。

今だって、ずっとシロとの距離がわからない。九十九は、どうやってシロと接すればいいのだろう。

けれども、あのときとは明らかに違うと断言だけはできる。

「……なんでもありません」

九十九は、ついツンと冷めた視線で言い放ちながら、解くようにそっとシロの手を押しのける。

シロから手を離すとき、少しばかり名残惜しい気がした。

その気持ちの正体がなんなのか、今の九十九は知っている。

知っているからこそ、目を背けたくなる。されど、捨てられない。

九十九は恵まれている。

学校へ行けば賑やかな友達がいる。

周りには頼りになって、優しい従業員がいる。

お客様は一癖も二癖もあるけれど、楽しくて毎日が飽きない。
これ以上、望むものなんてないはずだ。
だから、わがままなんて、言えない。
この想いは、ずっと胸に秘めたままにしようと思う。

◆この作品はフィクションです。
実在の人物、団体などには一切関係ありません。

双葉文庫

た-50-02

道後温泉《どうごおんせん》 湯築屋《ゆづきや》❷

神様《かみさま》のお宿《やど》に恋《こい》の風《かぜ》が舞《ま》い込《こ》みます

2019年3月17日　第1刷発行

【著者】
田井ノエル
たいのえる

【発行者】
島野浩二
【発行所】
株式会社双葉社
〒162-8540 東京都新宿区東五軒町3番28号
［電話］03-5261-4818(営業)　03-5261-4851(編集)
www.futabasha.co.jp
(双葉社の書籍・コミックが買えます)
【印刷所】
中央精版印刷株式会社
【製本所】
中央精版印刷株式会社

【表紙・扉絵】南伸坊
【フォーマット・デザイン】日下潤一
【フォーマットデジタル印字】恒和プロセス

落丁・乱丁の場合は送料双葉社負担でお取り替えいたします。
「製作部」宛にお送りください。
ただし、古書店で購入したものについてはお取り替えできません。
［電話］03-5261-4822(製作部)

ISBN978-4-575-52203-7 C0193
Printed in Japan

FUTABA BUNKO

神様たちのお伊勢参り
竹村優希
恋人も仕事も失い、伊勢神宮に神頼みにやってきた谷原芽衣。事もあろうか、駅から内宮に向かう途中に有り金を盗られた芽衣は、泥棒を追いかけて迷い込んだ内宮の裏の山中で謎の青年・天と出会う。一文無しで帰る家もないこともあり、天の経営する宿『やおろず』で働くことになった芽衣だが、予約帳に載っているのは市杵島姫や磐鹿六雁など聞きなれない名前ばかり。なんと『やおろず』は、お伊勢参りにやってくる日本中の神様御用達のお宿だった⁉

発行・株式会社　双葉社

FUTABA BUNKO

出雲のあやかしホテルに就職します
硝子町玻璃
Garasumachi Harri
女子大生の時町見初は、幼い頃から「あやかし」や「幽霊」が見える特殊な力を持っていた。誰にも言えない力を抱え、苦悩することも多かった彼女だが、現在最も頭を悩ましている問題は、自身の就職活動だった。受けれども受けれども、面接は連戦連敗。まさに、お先真っ黒。しかしそんな時、大学の就職支援センターが、ある求人票を見初に紹介する。それは幽霊が出るとの噂が絶えない、出雲の曰くつきホテルの求人で——。「妖怪」や「神様」たちが泊まりにくる出雲のホテルを舞台にした、笑って泣けるあやかしドラマ!!

発行・株式会社　双葉社